夢‧飛翔

一個香港人機長的誕生　李漢傑 (Joel) 機長

目錄

推薦序

作為香港航空的主席，我自豪地見證了 Joel 從藍天的一隅嶄露頭角，逐步成為航空業的翹楚。這本書是一次深入航空世界的探索之旅，是人生精彩經歷的紀念，是關於追逐夢想、邁向新高度心靈之旅的故事。

在這本書中，您將看到 Joel 是如何從幼時懷著夢想，到最終實現逐夢藍天；如何迎接挑戰，克服困難，奮發向前。透過 Joel 的故事，我們能夠領略飛行的魅力。這本書亦將為那些渴望衝破雲層、超越自我的人提供啟示與激勵，為航空業的未來注入新活力。

無論您是飛行愛好者、職業人士，還是對成功故事充滿好奇的讀者，這本書都將帶您穿越雲層，感悟飛行者的不凡之旅。

孫劍鋒機長

香港航空主席

序二

作為香港航空前首席營運官 (COO)，我很高興得到 Joel 邀請，為此書寫推薦序。

從 2009 年他加入公司，到 2014 年開始積極參與港航「飛越雲端，擁抱世界」校園分享活動，「飛上雲霄」學生航空體驗計劃及港航 Cadet Program 本地飛行員訓練計劃，推廣航空業予學生及有志入行人士。再到 2016 年晉升為本地機長並服務港航至今。

仍記得 COVID-19 疫情，作為管理層，要作出痛苦的決定，包括要求同事放無薪假等。但 Joel 仍正面回應，利用無薪假開辦航空教育機構，繼續推動本地航空教育。

此書內容記述 Joel 追夢過程，有高有低；實在不容易。書中描述 Joel 對飛行和人生的沉澱與反思，夢想得以成真，最寶貴是家人的支持及信仰的力量。盼此書能帶給讀者不一樣的閱讀經驗，對民航機師的專業多一點了解！

王證皓 Ir. Ben Wong

香港航空前首席營運官

序三

　　夢想，是個永不言敗的力量。它可以引領我們在事業、家庭、並且持續學習、實踐信念、關心社會，在忙碌生活中取得平衡。在這本書中，我們將分享一個香港之子夢想成真的勵志故事。

　　作者 Joel，他是位有如「衝上雲霄」中趾高氣揚地出現於國際機場跑道的主角，又有如在社區鼓勵年輕人發奮圖強的社企親善大使。

　　然而，此書將揭開他意氣風發背後的心路歷程，展示他作為土生土長的香港人在時代起伏中所遭遇的自白。儘管遇到無數的困難，Joel 不斷燃點信念，調整積極心態，虛心學習，發揮自身潛能，並且啟發身邊每個人都有能力「衝上雲霄」。

　　這本書不僅是本老少皆宜的人生健康補品，更是為那些追求燦爛人生的朋友提供積極的裝備。我相信閱讀這本書後，每個人都能夠獲得所需的靈感和動力，開拓自己的潛能，實現自己的夢想。

　　願這本書成為你追尋夢想的指南，並且在你的人生旅程中，帶給你無盡的勇氣和希望。

　　寄意 於日本長野白馬

林家強博士

城市大學公共及國際事務學系

金融與轉型影響力實驗室

客座教授

序四

認識 Joel 弟兄應該是當年他來我辦公室，邀請我參加公司的基督徒團契，由於他與我一樣屬於高齡夢想成真一族，所以對他留下頗深印象。

我三十八歲「高齡」加入航空業，在地面負責管理工作，他卻以三十二歲之齡一飛沖天，踏上民航機師之路，就他當時的歲數和教育背景而言，俗世的說法是破格錄取，但對基督徒來說，一切都是恩典！

神的作為就是這麼奇妙可畏，當你覺得已經走投無路時，你會發現那些看似毫無關係甚至不堪一提的往事，卻成為今天破繭而出的裝備和祝福。

Joel 的經歷就是最好的例子，參加童軍、銀樂隊、砌模型、學業及職場上的兜兜轉轉，都造就了今天大家眼前這位優秀的民航機長。所以，當以為神對你的所求關門時，你是否想過祂已經為你開了另一扇窗呢！

陳杰博士

《鹹魚也發夢》作者

香港特別行政區選舉委員會委員 - 航運交通界

序五

「你所做的，要交託耶和華，你所謀的，就必成立。」(箴言十六：3)

展翅翱翔是很多人的夢想，成真的卻寥寥可數，而漢傑就是其中能夠展翅高飛的真實見證。認識他超過十個年頭，他性情樂觀平易近人，願意分享人生中所遇到的困難、失敗和成功。在書中他道出所經歷的重重難關，一次比一次大的挑戰，加上自己的有限和軟弱，看似不可能，但在上帝中凡事都能。

感謝上帝，今天他真的夢想成真，在他信仰的道路和牧養的過程當中，發現他有兩股使他離地飛翔的助力，猶如飛機所需要的動力和氣流，就是太太的幫助和聖靈的帶領。

在他漫長奮鬥的過程中，不免遇到困難，也會有生命的軟弱跌倒，但他太太麗明卻不離不棄，願意饒恕、支持和鼓勵，尤其是面對誘惑、危機和挑戰時，一同經歷過程的起起跌跌，幫他拍拍身上的塵埃，重新上路。

至於聖靈就如氣流般引領他生命的方向，常常聽到他的感恩，上帝在他生命中是何等的真實，只管倚靠祂，生命便得到一次又一次的突破。

今天漢傑也起來牧養，在教會中成為小組組長，同時創辦飛行學校，培育和傳承下一代，為他的生命感恩。願上帝使用本書激勵每位讀者，生命是有盼望的，夢想是可以成真的，倚靠祂必能攀過一個又一個的高峰，在上帝榮耀的國度中飛翔。

郭濟崇牧師

611 靈糧堂牧師

序六

當我收到李漢傑博士 (Joel) 的邀請，要我為他第一本新書寫推薦文，心中回想到多年前在我牧養的教會認識他，留下了第一個印象，是他要成為「飛機師」。對我來說，成為「飛機師」也是我小時候的夢想，只是我沒有這個機會，或者說我沒有堅持，我只成為喜好收藏「飛機模型」的牧師。

書中，讓我看到李博士夢想成為飛行員的真正原因。除了一份熱情，更是他順服神的大使命，希望能夠把福音透過他的工作傳到不同地方。

記得他曾經跟我說：「每次我準備啟航，我一定會為飛機、乘客、同事禱告，除了祈求航程平安，也能夠有好的見證。」這幾句話讓我看到一位基督徒對神的委身。

從這本書的目錄，看到李博士成為「機長」的進程，用最簡單的描述是「努力」和「信靠神」。這也是很多人對基督信仰有所誤解，以為成為基督徒，一切都交托給神，就不需要「努力」。

這並不是基督信仰的信念，反而基督徒更要在工作上有好的見證，只是榮耀不是歸給自己，而是歸給神。從李博士這本書就可以看到。

多年後，當我重遇李博士，是我帶著孫子去到他所經營的模擬飛行學校。看到他仍然對飛行的熱情，更看到他想鼓勵更多人加入這行業，他希望藉著這小小的模擬飛行學校，讓小孩對飛行產生興趣。

我回想，若我小時候能有機會多了解飛行業，我可能已經成為一位開著小型飛機，到處佈道領人歸主的牧師。我的禱告是，或許有一天，我坐在李博士開著小型飛機裡，我們一起翱翔天空，同心到處佈道，等候耶穌的再來。

何志滌博士牧師
播道會同福堂創堂牧師

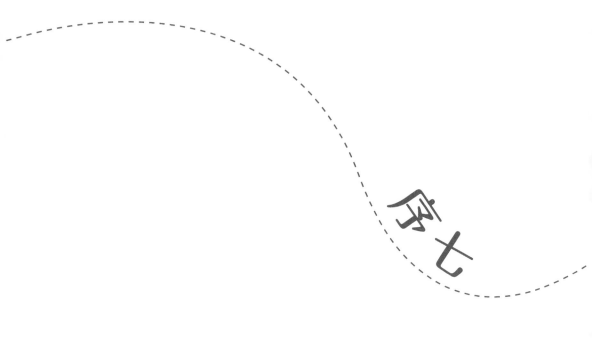

認識 Joel 弟兄是在「領導學」神學課程，我們除了有同樣的名字「漢傑」外，也有著同樣異象，把自己的工作看成上帝的召命。

在新冠疫情幾年中，他把握這個不用飛行的時間，開始了一所民間飛行學校，他的願望是讓更多朋友可以對飛行產生興趣，我邀請他為我的同事辦了一個親子飛行課程，我也參加其中，跟正牌機師 Captain Lee (李漢傑弟兄) 學習了模擬飛行。

我好像小朋友一樣尋回童年時的飛行夢，不單學了駕駛小型飛機，更學了民航機、直升機，可算是疫情期間讓我最感興奮的活動。

Captain Lee 這本新書記錄了他追尋理想，「苦」後藍天的故事。書中列舉了從訓練到成為機長，融會貫通用腦的知識和用心的智慧，分享了他生命羅盤指向的飛行宣教士征途。祝願 Joel 弟兄的「飛」常日誌留下主耶穌的佳美腳蹤！

余漢傑博士 (Titus)

保險公司資深區域總監

前言

「自幼織夢，亦愛想像，心中緊緊記，衝霄的理想……」當聽到夏韶聲 Danny Summer 在 1987 年所唱聯合航空的廣告歌，以及由木村拓哉主演的日劇「夢想飛行 Good Luck」主題音樂 Ride on time，再加上耳熟能詳的衝上雲霄系列，分別由陳奕迅及林子祥主唱的主題曲，心裡想成為機師那團火，就被燃點起來。

渴望成為飛機師，是筆者兒時夢想。幼時凝望著龐然大物的民航機，竟然能夠在天空翱翔，是何等奇妙！從中便對飛機產生莫大的興趣，當然加上受到飛機師帥氣有型的制服吸引，於是這個天真少年，已經下定決心要成為飛機師。

此書的初稿原本是筆者的部落格 (Blog)，主要記錄了飛行訓練的進度日記，包括追夢點滴及當中的起跌。再加上過去十多年在航空公司工作，並晉升為機長；箇中反思人生的體會以編輯成書。希望一方面給予有興趣成為機師的讀者，了解當中的掙扎；另一方面，期望給予讀者不一樣的閱讀經驗！

童年篇

無條件的支持
無條件的堅持

在追夢的路上，如果沒有困難，沒有障礙，那麼這個「夢」也就沒有深刻意義，或許成就也不夠份量。在遇到困難和障礙時，有時單憑個人的力量是無法支撐過去的。可以說我是幸運的人，因為母親在我追夢的路上，甚至整個成長過程，都奉獻出無條件的支持。

捱過家庭手作的歲月

「早婚」、「男主外女主內」是上一輩典型的婚姻觀念，我的雙親也不例外。母親和父親結婚的時候才十八歲，正值青春年華，在婚後一年就生下了我。我出生後，父親繼續外出工作，母親就自然而然擔當起安排三餐、相夫教子的責任。

我讀小學時住在石硤尾邨，並非富裕人家，生活的壓力並不小，所以母親在處理家務之餘，還拿些家庭手作回來幫補家計。這個做法在那個年代很流行的呢！

記憶中她一有時間，便用鉸剪剪下一個個膠托，原來那些膠托是套到賽馬的馬匹腳上，我不時還是她的運輸小子，把原材料或成品搬上搬落。想起來，我家竟間接參與了當時的賽馬活動！這樣的家庭手作日子，最少過了好幾年。

孩童時期的 Joel ✈

不能忘懷母親的雙手

衝上雲霄是我自小的夢想，中學畢業後不久，我決定踏上追夢的道路。在初期考取飛行員時，我已經得到母親百分百的支持。在投考飛行員之前的工作，我有每個月交付「家用」的，但當得知我要報讀航空課程後，母親竟然說：「你不用給家用了，把錢用作交學費吧。」

我的初期學飛生涯困難重重，曾經沮喪難耐，就在我躲在被窩裡狠狠大哭一場時，我想到母親滄桑的雙手。從小到大，除了生活上的照顧，就連夢想的扶持，她全都在所不辭。

母親的那雙手，為我煮飯，為我整理被褥，為我擦去眼淚，為我做了數年枯燥的家庭手作，就是為了給我好的生活，為支持我遠大的夢想。

母親對我的支持是無條件的，所以在我認為堅持不下去的時候，只要想起母親，我唯一的選擇就是以無條件的堅持，回饋她無條件的支持。

幸運童子不是我

「搏一舖」真的可以為人生帶來機遇和轉機？恐怕那只是極端的例外。歸根到底，腳踏實地才是正道。但我並不是生來就明白這個道理，而是源於「調皮」的童年往事。

祖先牌位前靜思己過

大概七、八歲時，我由大角咀搬到石硤尾邨居住。那時邨內有一間士多，你知道，小孩子最喜歡這個地方。我每天有一塊錢零用錢，五毫子買椰子水，剩下來的就用作抽獎。

所謂抽獎有點像今天簡單版的六合彩，也就是付幾毫子，在一張寫滿數字的紙中，抽出其中一張，紙內的數字和獎品的數字吻合，那獎品便屬於你的。不吻合，就甚麼也沒有。

我玩了好幾次，一次也沒有中獎。而不幸（其實是幸運）的是，有次忘記了把沒有中獎的紙扔掉，還把它放在衣服口袋裡，被父親發現了。

可能有人覺得這不是甚麼大事情吧，小朋友去士多抽個獎，又是用自己的零用錢。錯了，實在大錯特錯了。發現抽獎紙的父親大發雷霆，一改平日慈父的面容，居然要我跪在祖先的牌位前靜思己過。只是抽了個獎，為甚麼那樣生氣？難道是因為沒有抽中嗎？

小小的「惡魔種子」

當然不是。逐漸長大後我便明白父親的用心良苦。我拿零用錢去買些零食和自己喜歡的小玩意，對父親來說，絕對是無傷大雅的，但抽獎就完全不一樣了。

期望抽中的心情就等同於賭博，如果抽中了就會「得戚」，覺得運氣不錯，之後會有第二次、第三次。如果抽不中就會想「只是這次不夠運」，然後抱著僥倖的心態，期望下次、甚至第三次能抽中。聽來是不是很熟悉？這就是「賭鬼」的心態！

父親堅持，人要有收穫就要先付出，做事踏踏實實，千萬不可投機取巧、心懷僥倖。讓你靠運氣得到又如何？這並不會長久的，並且太輕易得來的，十有八九不會珍惜。所以小小的士多抽獎遊戲，其實是一顆小小的「惡魔種子」。

父親是個和藹慈祥的人，如此動怒當然給我留下深刻印象，也讓我謹記「人千萬不可抱僥倖心態」。時至今日，我完全不曾參與過賭博活動。在成為機師後，每次的工作，每個細節，我都不曾「賭一鋪」，而是謹記父親的教誨，要腳踏實地。

藍藍天空高掛我的夢

天空是怎樣的？

　　天空有不同的顏色，有時湛藍，萬里無雲；有時深藍，與昏黃的路燈相配；有時灰濛濛，烏雲罩頂，雨要來臨。天空有甚麼？天空有向南的鳥兒，一點一墨般；天空有風箏，帶著小孩子的歡樂搖曳；天空有彩虹，從這一頭跨到那一頭，讓世界明亮起來。

天空帶來的好奇和想像

　　對了！天空偶然也時也見白點移動，因為有飛機；那個白點卻在我心中不曾變動，那就是我的夢想。

　　小學三、四年級時，我剛巧坐在課室的窗邊位置。但相比天天的學習，教室外的世界更讓我著迷，特別是，頭上那片廣闊無比的天空。

　　坐在窗邊向外看，每過幾分鐘就會有架飛機從右邊飛到左邊，然後不見了。再過幾分鐘，同樣的情況又再出現，日日如是……，每次我看到飛機總會想：「從哪裡來？往哪裡去呢？」每一次都是。從此天空帶著我的好奇和想像。

神奇千萬倍的飛翔

　　有一次老師問：「誰去過旅行？」從沒有去過旅行的我竟然撒了個「彌天大話」，大膽說：「我去過！」。老師再問：「去哪裡了？」「去日本。」「去日本哪裡玩了？」「……」謊言輕易就被揭穿了。

其實這是件十分荒謬的事，我為甚麼要撒這樣一個毫無意義的謊呢？我是個壞孩子嗎？絕對不是。說穿了只因我想坐飛機，我想讓別人以為我坐過飛機，因為坐飛機是世界上最酷的事情！因為極度的渴望，腦子就鬼使神差撒了這個渴望的謊言。

1986年，我十五歲，「壯志凌雲」(Top Gun) 上映，開著戰鬥機的湯告魯斯實在帥氣得不像話！他是多麼幸運，能在天空飛翔！這部電影給我帶來前所未有的衝擊，從大銀幕中，我有那麼一刻代入成為主角，從鳥兒的眼睛看山脈，看河流，看世界，看穹蒼。原來飛翔並非我想的那般神奇，而是神奇千萬倍！

回想，這可說是我機師夢的萌芽

從很小的時候，到青少年時期，從背書包上學堂，到決定成為怎樣的人，「天空」一直是我目光所至。無論是甚麼顏色的天空，無論天空中出現甚麼，在我眼中，飛機是最夢幻的存在，天空也總是藍色的。而在這藍藍的天空上，高掛著我的飛行夢。

2003年，我三十二歲，《衝上雲霄》電視劇上映，穿上制服的吳鎮宇同樣帥氣得不像話！這部電視劇再次燃起我的機師夢，驅使我再次投考本地飛行員計劃！

鋪墊成為機長的行動

除了望著天空做著飛機夢，我小時候很多其他的生活片段都充滿對天空的渴望。

沒有機翼的「飛機」

在小學的一次勞作課中，老師要我們自由發揮製作一個物件，沒有限制的，只要是自己喜歡，並運用材料造出來就可以了。

我的第一個反應是：「我要造一架飛機！」利用手中僅有的發泡膠材料，我尚算造了一架小小的飛機出來。但運行方面當然不算成功，當時的我仍然未認識飛行原理，只把長形的發泡膠作機翼。

雖然我堅持飛機是能夠飛的，但老師並不認同，畢竟沒有翼形的機翼，只靠那電動馬達在高速滑行時，勉強「離地飛行」數秒，我卻天真地認為它真的「飛」起來了。

　　我現在承認，那隻沒有機翼的「飛機」，未能夠飛起來也是正常的！但從這件小小的事情，就證明我真的對飛機非常癡迷。

　　而在「事前訓練」方面，我似乎也在有意無意中，得到了許多成為機師必要的條件和技能。

參加課外活動的啟發

　　小學時，我參加了石硤尾街坊福利會的 187 旅幼童軍。不得不說，參加童軍真的讓我受益良多，在那裡我學會了紀律、團隊合作和知識。

　　當中最讓我印象深刻的是，我需要考取童軍章，在夜間不能使用手電筒的情況下，從地點 A 走到地點 B。任務目的就是要讓我們踏出安全區，訓練自己的勇氣以及面對困難時的信心。那不只是興奮又緊張的經驗，更讓我在日後的飛行訓練中，具備了面對突發狀況的穩定心態，和對自己處理能力的信心。

到中學的時候，我參加了銀樂隊。相比獨奏，樂隊演奏講求合作，每個人都不能夠為了突出自己而罔顧別人，但同時間也要做好自己的本分。雖然是一群人演奏，但自己在當中也不可以混水摸魚。

　　所以在樂隊期間，我學習了如何做好自己那部分的同時，和別人和諧緊密地合作，為了集體的利益而努力，一切都從「大我」的角度出發。這樣的經驗，讓我在成為機師後，和團隊 ── 副機師、乘務人員、地勤人員和上司、同事的相處能更得心應手，因為我很早便懂得「團隊」的意義。

　　這樣看來，我小時候有意無意透露出的渴望，以及參加各種活動後得到的經驗和能力，都在為我日後成為機長作鋪墊。

　　雖然我和父親一樣，絕不靠運氣行事，但我的確算是個幸運的人。

青年篇

我的「飛行」英文路

我求學期間仍是處於港英政府管治時期，社會十分注重學生的英文水準 (今日又何嘗不是)！但我的英文科成績卻不怎樣好，整個中、小學階段到會考，我的英文都沒有明顯進步，會考英文科自然「肥佬」了。雖然我就讀的中學水準不算高，七成同學的英文科都不合格，但這並不是英文科成績欠佳的藉口。

英文「肥佬」令我沮喪

還記得我收到會考成績單的時候，因為英文不合格，拿不到全科合格證書 (full certificate)，心情亦低落了一段時間。我面前只有兩個選項：一是重讀中五，二是自修補習。最後我選擇了一面在製版公司工作一面自修，逢週末就惡補英文，希望至少能考獲英文合格。可惜第二次會考還是未能過關。

說實話，兩次會考英文都「肥佬」令人沮喪，但我還未意識到這事對我發展的影響，只隱隱覺得可能會為「成為機師」這個夢想增添困難。心想做不成機師也可以做飛機工程吧。

之後我就開始漫長而曲折的求學路，從兼讀機械工程，到青衣科技學院讀機械工程高級文憑，再到理工大學學習飛機與飛行相關的科目，最後到澳洲進修。

買錯了午餐多麼尷尬

　　我當然明白英文的重要性，特別是在香港這個國際城市長大。但真正意識到學習英文的迫切性，還是我在本地一間航空公司工作的時候。由於大部分工程師都是來自英國和澳洲，所以每項工作都需要用英文溝通。

　　譬如每天的工作匯報便必須用英文，最要命的是替他們買午飯！

　　例如他們要吃牛排，我就要明白何謂「rare, medium rare, well done」！買錯了是多麼的尷尬，他們倒也和善，不會苛刻責罵。又或者他們吃膩了西餐，要我推薦地道的香港食物，我局限於詞彙，總只能說「乾炒牛河」和「炒飯」，想推薦個「生炒骨」也有困難。

　　就是在這樣平常又不可避免的工作和交流中，我真切感受到英文的重要性。

　　其實早在中學時期就有訂閱過外國的英文時事雜誌，但因為覺得文章用字艱深，很多都看不懂，失去了興趣就放棄了。幸好在修讀機械工程，以及後來報讀英國文化協會的英文課程時，讓我重新接觸英文，得到很好的進修機會。

香甜的收穫

老套的説，學好英文 (其實任何一個語言都是)，首要是產生興趣。我那時候的契機是，聽到同事説地道的英文，覺得很動聽。英國口音是十分迷人和優雅的，澳洲口音就帶著一種極具特色的音調。就是在這樣環境的感染下，我對英文產生了真正的興趣，推動了我學習的動力。

學英文的第二步就是要習慣語境了。英語不是香港人的母語，香港人常見的問題是，把要説的英語從中文翻譯成英文。這是不行的，必須學習用英文思維，直接用「英文模式」表達。我知道這是比較困難，但如果有機會，年青人是要在語境的習慣上多下功夫。

我在英國文化協會報讀了一年的英文課程，每星期要上兩堂夜課，工程助理的薪酬很大部分也用在這學習上。但當自己能讀懂英文文章，又能夠用英文和人溝通，成就感就很強，覺得真的學以致用。

現在，英文當然不再難倒我了，但箇中辛酸就只有自己知道。不過這也不是壞事，一切難堪的缺乏和堅定的爭取，都讓最後的收穫更香甜。

更透徹、更廣闊的
「苦」後藍天

砌模型是我小時候很鮮明的記憶。我自小就喜歡看日本動漫，特別是機械人保衛地球的類型，譬如《機動戰士》、《超時空要塞》等。從那時起，機器對我來說就有難以言喻的吸引力。所以，我不時會央求母親買模型給我，新年的利是錢多用於購買飛機、跑車、船和機械人等的模型，而機械人是我的最愛。

隨隨便便的晚餐

就是因為喜好機械和組裝，長大一些萌生做機師的夢想時，我就覺得，即或做不成機師，至少也要從事和機械相關的行業。而我對電子工程興趣不大，和建築相關的學科又不是我的最愛，所以修讀機械工程也算是順理成章。

但是，當我朝著機械工程的目標進發時，多次考核失敗給我上了寶貴的一課，原來「理想」和「理想成真」中間有一大段名為「吃苦」的路。

在青衣科技學院學習的時候，是我人生首段感覺較為「難捱」的日子。那時候我要兼顧工作和學習，一個星期有三個晚上要上課，入課室前隨隨便便吃個三文治便當晚餐，下課後常常接近午夜才回到家，身體已經疲憊不堪。還有的是要在課餘時間完成功課、每星期定時返教會聚會。

青衣科技學院的畢業證書 ✈

懂得欣賞「吃苦」的好處

但就像老話說的：「付出才有收穫。」經過那段時間，不但我的英文和機械知識都增進了，而且讓我變得成熟，更懂得欣賞「吃苦」的好處，在日後的工作和生活中，具備了面對困難的勇氣和解決問題的能力。

後來我到澳洲進修，便真的遇到了各種考驗和障礙。幸好因為明白吃苦的意義，加上家人無條件的支持，才能成功踏出並完成這一人生階段。

人們總常說，理想和現實是兩個世界，人長大後不免面對失望、沮喪、放棄、屈服等關口。我也理解，但在這些艱苦的情景中，總有孩童無法明白、無法獲取的寶藏。現在我總算是經過「苦」而理想成真，但長大後的天空並沒有因為「苦」而失色，反而變得更湛藍、更透徹、更廣闊。

前傳篇

抓緊熱情
和夢想的動力

　　「穩定」對很多人來說，比大多數事情都來得重要，這樣說並不是指「熱情」和「驚喜」是無謂的。但隨著年齡增長，肩上的責任越來越重，要考量的事情自然日漸增加。在不得不作出取捨下，熱情和冒險精神總是要敗下陣來。

「穩定」生活的挑戰

　　當然這並不是一件壞事情，只是有時候，「習慣」就像個懂得易容的鬼祟小偷，斗轉星移中裝扮成「穩定」，偷走生活的熱情和追逐夢想的動力。最後，「狸貓換太子」般把「生活」換成「生存」。

　　我在一間航空公司工作了十多年，期間成家立業，有了穩定的收入，有了自己的生活步伐和模式。這是件好事，但這是我想要的嗎？不全然是。

　　雖然有點奢侈，或者有點愚蠢，但我是個有夢想的人，「穩定」給我帶來保障外，它卻奪走了我的熱情。每天營營役役地工作，像一隻泡在溫水裡的青蛙，感覺還好，但也只限於還好。

Joel 到澳洲進修機師牌照 ✈

「你能接受這乏味的工作嗎？」

在前航空公司工作的十多年間，我體驗過不少工作崗位，都是和工程項目相關的：一是工程助理，主要協助工程師，有時還要負責雜務；二是工程倉務主任，處理飛機清拆下來的零件，以及文書工作；三是針對機身部件，申請維修費；還有採購工作，訂購部件和跟進項目。

這些工作都屬於工程項目中商務式的工作。所以，即使我屬於航空業的一員，終日在飛機身旁打滾，卻和天空隔得甚遠。

就在不同但類似的工作崗位，帶給我若有似無的變化思緒時，公司迎來了重組。想不到這次重組給我帶來很多重要的考慮，包括取捨、學習、適應。

眼看在非喜愛的工作崗位上努力生存、妥協的自己，我問了自己一個問題：「在接下來的人生，你能接受這乏味的工作嗎？」「我不能。」

家人的支持讓我動容

2006 年，我決定辭職，毅然到澳洲進修機師牌照時，有部分同事不太看好，認為我異想天開，不理解我為何放棄穩定的工作，冒險追求成功率並不高的夢想。我明白他們的觀點，就算是現在，外國人機師的工作機會都比華人機師高，更何況是十多年前？

但我更明白自己，我並不是幼稚魯莽的小孩，慶幸的是我相信自己更多一點點。

至於另一部分同事以及家人的支持是讓我動容的，特別是我的家人，畢竟我的工作和他們的生活息息相關。

學習飛行之前，我對自己有8.5分的信心，並不是我過分樂觀，而是我看到機會便決定行動。行動前我做好該做的功課，再調整好心態，認真對自己說聲：「加油！」

當然，一切的開端都是我抓到「穩定」這個小偷，意識到我在這場「生存遊戲」中會失去甚麼。就像我的澳洲飛行教練說的一句話：「你要飛得比飛機快，而不是反過來。」我要說，道理其實是一樣的：「我要掌控自己的生活，而不是反過來。」

這般的支持
實在「非一般」

夢想是華麗而極具吸引力的，是我們生活中其中
的浪漫元素，也可以成為我們奮鬥的動力。我當然百分百肯定夢想的意義和價值，
但捫心自問，夢想有時卻是昂貴的。

追夢路上的燃料

不少同事朋友在得知我在而立之年，決定放棄穩定工作去追尋飛行夢時，都表示不理解，甚至我還聽到一些冷嘲熱諷的說話。我明白他們的想法，但不免還是感到失望和沮喪。雖然如此，我卻得到家人的百分百支持，包括父母、兄弟姐妹和妻子，他們的包容和理解，絕對是我追夢路上的一大燃料。

我父親中學畢業，母親小學學歷，所以對於他們來說，我能否有高的成就對他們來說，並不是一件十分必要的事情。因為父母學歷一般，所以對我在學習、工作上的要求並不算嚴格，繼而我也不曾在學業及工作上，受到太多的框架和壓力所束縛。

✈ Joel (後排中) 能夠圓夢，是得到整家人的支持

在我決定辭去工作到澳洲學習飛行時，他們對我表現出正面的支持。要知道，辭去工作後我便沒法子「俾家用」了，我又是家中的長子，贍養雙親是我應當盡的責任吧。但他們完全沒有埋怨我，還把我的夢想放在他們需求之上，這實在讓我感激又感動。

除了暫時無法負責父母的生活費，我還從家人那裡得到經濟幫助。不只是父母，弟弟和妹妹對我的決定也在行動表現出支持。特別是妹妹，在我決定去澳洲時，她借給我一筆不小的錢，作為我在澳洲的生活雜費，而那筆資助也的確大大幫助了我在彼邦的生活。

不但如此，當我不得已在澳洲使用了信用卡的透支後，妹妹都會即時幫我每個月還清。當然我回港後一次過償還了她幫我墊付的費用，但這種長時間的分擔實在是無價的。

而弟弟在我出發之前，也送了我一個大大的「利是」，給哥哥我帶著溫暖的心意和支持去追夢。作為應該照顧他們的哥哥，弟弟妹妹實在讓我感動。

黑色幽默的支持

最後，亦是最重要的，就是我親愛的妻子。作為丈夫，我所做的每個決定都對她有著密切的影響。試問有哪一個妻子不希望丈夫能在身邊作依靠？而她當時卻對我說：「你要做就做喔，不要到最後做不成便埋怨我。」

妻子這樣說並沒有晦氣的意思，她只是用一種類似黑色幽默的方式告訴我：「你要做的話，我會全力支持你。」

要知道，那時候我們每個月要供樓，最重要的是，我們很長一段時間不能見面。也就是說，我不但要妻子忍受分離之苦，還要她獨自承擔供樓重任。但就因為對我無條件的支持，妻子二話不說扛起了所有責任。我還記得出發那天，妻子開車送我到青衣機鐵站，但那天狂風暴雨，妻子又和我一起慌忙打點一切。

因為家人無條件，不，應該說是「非一般」的支持，我才能安心地追尋自己的夢想。我知道有很多有理想的人，可能沒有我這般極幸運的狀況，但我還是希望能向其他父母們說一句：「要樂觀積極，盡量支持孩子的理想，最重要的是學會放手。」

特別是在華人社會，「鼓勵式教育」一直不是主流，但我們的確要讓孩子多接觸、多嘗試，這樣並不僅僅是讓孩子發揮所長，更能讓他們早點真切地了解夢想的可行性，無論從浪漫還是實際的角度出發，都是應該支持的。

幫人圓夢
也是自己的夢想

2008 年 1 月我從澳洲學成回港，在未有足夠的經驗，我申請入職由李卓民牧師創辦的「甘泉航空」，因為以我的飛行資歷，只能勝任「甘泉」二副機師的職位空缺，怎料這間航空公司不久便結業，未能如願當上民航機師。

好一班充滿好奇及憧憬的小朋友

幸好，我不久便得到一個為期十個月，在陸地上的「飛行體驗」工作，這個體驗的目的是讓沒有機會駕駛飛機的人，都能夠在模擬的駕駛艙內駕駛飛機，那時進入這個駕駛艙的，大部分都是對駕駛飛機充滿好奇及憧憬的小朋友。

在這個不夠一年的工作中，我獲益良多，最深刻的心得有兩個，一個是幫人完成夢想原來也是自己的夢想；另一個就是現在的小朋友實在太幸福了。

Joel 希望藉著飛行體驗引導小朋友對飛行產生興趣 ✈

　　飛行體驗是不便宜的玩意，至少對一般家庭來說是。玩一個小時當時也要港幣二千元，如果小朋友因不喜歡就半途而廢，這個費用就有點物非所值了。但相對我小時候眼巴巴望著天空上的飛機發呆，現在的小朋友起碼有機會接觸及體驗其夢想，多麼幸福啊！

　　而在這個體驗活動中，對於初次接觸飛行的小朋友來說，要掌握物理曲線、飛機重量等技巧都是十分不容易的。駕駛飛機講求「人機合一」，他們當然做不到這樣專業的水平，但以體驗的標準看，有不少小朋友都是做得很不錯的！

別把飛機開到海裡去！

　　雖然是體驗活動，但活動結束後，小朋友和父母都能夠大概了解到，駕駛飛機是怎麼一回事，也會根據體驗了解到自己是否有興趣、是否喜歡這個職業。如果有興趣，就可以繼續參加進一步的課程繼續學習；如果覺得不大合適，也算是體驗過，知道這是怎樣的一回事，也是增廣了見聞。

　　活動中大多數的小朋友都很熱情，過程中有一項對他們來說最具挑戰性，那就是「降落」。在一小時的模擬飛行中，小朋友體驗完空中飛行，便要挑戰降落。原來降落的技術要求比爬升更高，好些小朋友居然把飛機開到海裡去！

　　不過還是那個想法吧，如果能夠因為我的引導而讓他們對飛行產生興趣，或者明白到飛機不僅僅只是一種交通工具，那麼我已經覺得十分有意義了。而且，在這個幸福的年代，看到小朋友們有這樣的機會，能夠體驗到我小時候連想也不敢想的事情，我真的感到，擁有夢想和實現夢想的機會，是如此的幸福。

學習區

天空、飛機 和我的第一次

我分別在 2003、2004 和 2005 年自費到澳洲學飛行，這三次的經驗是我飛行之旅的開啟，自然在我記憶之海中佔有一席之地。

「我真的可以？！」

要說第二、三次的經驗，實在有些慘痛。那兩次寶貴的學習，因為天公不作美，我並沒有很多練習機會，最嚴重的時候，我只有區區的兩三個小時！還有的是，課程編排要我重複學習已經學過的內容。本來天氣加上課程已經讓我沮喪，但我想還有一個原因，那就是回想到第一次的美好。

第一次澳洲之行，我心情既興奮又緊張，興奮是因為終於踏上了追夢的旅程，緊張當然是害怕自己能未能做好。我還記得我駕駛的飛機離開地面那一刻，那種夢幻而不真實的感覺，絕非筆墨能夠形容，在腦海中預演過無數次的畫面，這一刻，真的有過之無不及。然而，這只是開始。

在數次有教練陪同的練習之後，他竟然叫我單人飛行 (Solo Flight)。這，真是讓人驚喜又懼怕呀！一聽到這個要求，我腦海裡只有一個念頭：「我真的可以？！」最後當然是接下這個挑戰性的任務。而結果？我感謝勇敢的自己。

不知道大家游泳時有沒有過這個體驗：周圍沒甚麼人，獨個兒沉到水下，待水流聲緩和下來，你就只聽到自己的心跳，和世界的聲音，別無他人，別無一物。

只有我、我的飛機，和整個世界

單人就是這個感覺，只不過我的世界，是名副其實的「世界」。旁邊沒有別人，就只是自己。我坐在駕駛艙裡，一陣滑行之後，「咻」一聲，帶著無限憧憬和成真的感動，衝上雲霄，實現了兒時坐在教室窗口仰望藍天時的幻想。

無論如何想像，當真正飛上天，看到的世界都會是你前所未見、前所未想的。大片大片的山林綠叢、大片大片的汪洋江海、大片大片的城市花燈，在地上時覺得大條大條的馬路，在天上看，不過是雲層裡若隱若現的小蚯蚓。

　　只有我、我的飛機，和整個世界，其他一切塵囂和煩惱都消失無蹤，我就像一隻真正的飛鳥。

　　回到地面上，教練和同儕齊齊為我首次單人飛行成功送上祝賀，我當然興奮得驚呼連連，我想絕不會忘記這次的經驗。

　　就是因為這樣驚奇而夢幻的第一次，才讓我對隨後的兩次學習飛行如此失望。但沒有關係，意料之外總是有的，或許在我飛行的時候，地上也有個小男孩在窗口仰望著，幾十年後他也衝上雲霄。誰知道呢？

由「夢想」到
「實現夢想」的美麗

就像「小別勝新婚」，距離總能夠美化事物和關係，夢想也不例外。有人想當律師，有人想當醫生，有人想當藝術家，這些想像和渴望都是美好的，因為在腦海中，我們不必擔負實行的代價。

考試是「表演時間」

我做飛機師的夢想也是一樣，童年頭上的藍天總是晴朗明亮，但當我真正踏上夢想的道路，過程就不如想像來得美好、來得簡單了。

學習飛行的過程讓我深切體會到夢想代價不菲。首先是我必須和時間競賽。所有的飛行考核分為兩部分：飛行和理論，乍看之下似乎是形式完全不同的考核，但其實兩者的重要程度都一樣，甚至理論的部分我必須在三年內完成十五個科目，壓力還是不小的。

如何增強學習心理質素竟然是我的一大收穫。不得不說，和西方人相比，華人的確比較緊繃和緊張。在飛行考核中，西方人多是自信悠然，而華人就大多數表現得十分緊張，甚至有些慌張。但其實考試是「表演時間」，學員如果能夠以正面的態度去享受過程，反而有助表現。

　　我常常說：「緊張冇分加，咁點解要緊張呢？」但如果我注定要失敗，而這失敗又能給我帶來反思，那我祈求失敗快快到來。而且在競爭的環境下，我們很容易和旁人比較，其實我們不須要這樣。要比便和自己比，專注眼前的事物和挑戰。這些都是建構心理質素的關鍵，但卻是成功的一大基石。

切忌急於求成

　　再來就是千萬不要急於求成，因小失大。考取飛行執照一般是從小型機到商用執照，雖然小型機的考核並不是必須，但卻是很有價值的經驗。有些飛行學院為了讓學員早日考獲商用執照，就省略了小型機的考核，但這樣的做法會令學員失去了寶貴的練習機會。

　　我經歷失敗三次才考獲商用機師執照，第一次因為錯判了雲層高度；第二次因為找不到機場位置而無法降落；第三次因為錯判了風向。雖然沮喪，但我認為這些不及格是件好事，因為我不想做個「搵車邊機師」。或許如果我當初沒有練習小型機飛行，我還會失敗第四次、第五次，所以，不要放過任何的學習機會。

　　而在民航機理論 (ATPL) 各科考試中，「飛行計劃」(Flight Planning) 一科就格外艱深，在三個小時作答的十條問題中，學員需要根據資料計算出飛行距離、飛行時間等具體數據，這對我來說也是個大挑戰，最後要在第四次考核中才通過。

　　經過那幾次的考核，我明白「練習成就完美」，所以還是那句老話：不要放過任何學習機會。

　　這些都是我在學習飛行過程中遇到的困難和反思，證明了「夢想」和「實現夢想」是有一定距離的。不過轉念一想，正因為困難，夢想才會如此迷人，才會如此吸引人們的追尋。

每一步，考的都是心態

完成在澳洲的飛行課程之後，雖然是朝著夢想踏前了一大步，但要成為正規民航機師，還有一大段很遠的路。

最寶貴的收穫 — 心態

回到香港後不久，做過十個月陸地上「飛行體驗」的教練工作，終於得到「香港航空」聘用為機師，開始接受正正式式的民航機訓練。這次的學習位於海南三亞，每次為期兩個星期，分兩次完成。訓練期間還算順利通過的，學習當然也是增長了知識，但對於我來說，心態上的收穫依然是最寶貴的。

相比小型飛機，民航機的重量實在不是處於同一個級別，前者只有兩噸，後者卻有七十六噸，足足相差三十倍有餘。所以在駕駛民航機的時候，技術要求自然也比小型機多。

單是要記的東西便多很多，簡直是記憶力的大考驗。當然也少不了考核應變能力，因為萬一遇上突發狀況而出意外，民航機所付的代價比小型機大得多。

✈ 本場飛行訓練當天，凌晨四點前已經起床準備出發

考官不是敵人

在三亞的模擬飛行考核中，筆試部分我是順利通過的，但面對飛行試，我難免有壓力。但幸運的是，巴西籍的導師給了我很大的幫助及鼓勵，也讓我再一次了解到心態的重要。

這位導師的奮鬥路十分勵志，他本來是位「空中少爺」，後來一步步學習、考試，做到機師，再升到機長，現在成為訓練機長。也可能因為如此，他十分明白學員的想法和擔憂，所以給了我們很多鼓勵和幫助。

其實我也明白，考官不是我的敵人，他們是來幫助我完成考核，而我同時也在幫助他們完成工作，所以在力求雙贏的情況下，不必用緊張的心情面對考核的考官。在想通之後，我鬆了一口大氣，同時也能夠更好地專注在飛行上。最後當然是順利地通過考試了。

順利完成考核

01/07/2009

　　2009 年，我駕著民航機到澳門的機場，進行三次本場飛行訓練 (Base Training)，那天我十分興奮，早上四點多就出門了。那次的訓練順利完成，同行的學員也替我拍了照片和影片，現在想來還有點不真實的感覺。其實也不對，當我駕著飛機衝上雲霄，那種感覺是很實在的。所以正確點來説應該是夢幻吧。

　　其實在澳洲的時候，我就明白到心態的重要，但明白歸明白，也要在一次次的經驗中強化和鞏固自己。正如世上很多事情一樣，飛行是學無止境的。除了技術，更重要是學懂應對心態。

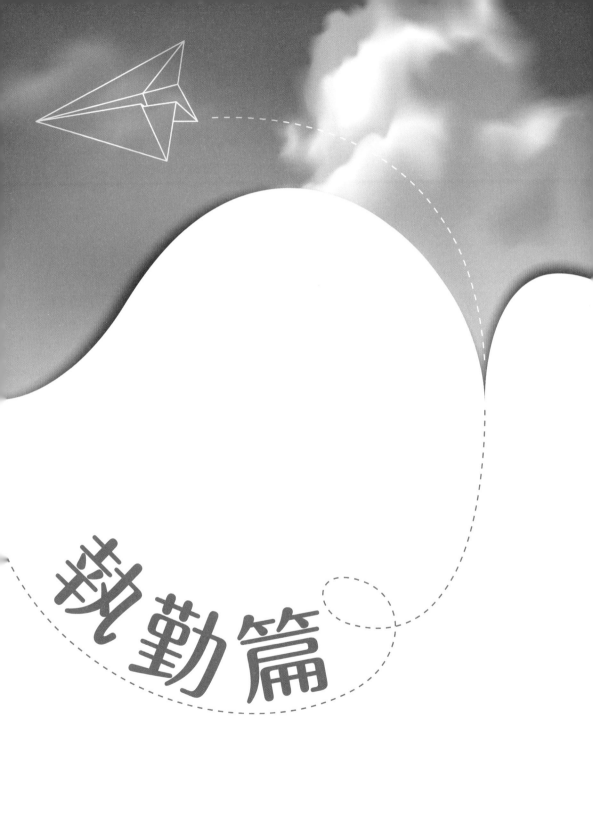

裁勤篇

豈止首航，
每個航班都是關鍵

在海南三亞完成民航機師訓練和考核之後，我為自己多年夢想成真感到由衷的興奮。但原來，無論過去想像過多少次，當我真的踏進駕駛艙開啟旅程時，一切都是那樣的讓人難以置信。

意義重大的首航

第一次作為副機師的飛行任務，目的地是中國長沙，行程兩個多小時。飛行前那一晚，我早早燙好了副機長的制服，齊整地掛在衣架上，鞋子也是準備了全新的。到了第二天，我和馬來西亞籍機長提前四十分鐘上到飛機駕駛艙準備，他完成了歡迎致辭後我們就出發了。

在那次的航程中，我負責了人生第一次的乘客廣播。我記得我一早就寫好了稿，但打開麥克風的時候，不免還是有點戰戰兢兢，好在最後順利完成。歡迎乘客的廣播是由機長來説，而乘客登機的廣播則由副機長負責。那次的旅程我是第一次完整體驗了民航班次的飛行 (Pilot Flying-PF) 和監察 (Pilot Monitoring-PM)，意義重大。

而那位馬來西亞籍機長是十分友善和優秀的飛行人員，在上飛機前，他會和機組人員談一下該次航程的期望，幫助大家有好的溝通和合作。他是個循循善誘的人，但同時間也很幽默和善，和大家打成一片。作為他的副手，可以説得益良多。

首航出發了 ✈

回到家的三個感受

但我必須承認，作為我的首航，負責通訊支援時有點緊張，但總算還過得去。

接近三個小時的行程，在高度專注的飛行下轉眼即逝，機長對我說了我在澳洲時聽過的教誨：「不要讓飛機飛得比自己快。」在往後的經驗裡，我希望自己的思維更全面和周全，腦子裡想的要比飛機快。

在第一次航程結束後，我回到家，有三個感受，分別是：很累、睡得十分甜、夢幻般的體驗。的確一切都很夢幻，原來夢想成真是這樣的美好。不過認真說，關關難過關關過，一邊做、一邊學，第一次固然是值得紀念，但往後的每一次都是關鍵。

左方有更大的指引
一 我的上帝

人生是不斷接觸新事物，不斷更新認知的過程。自從決定學習飛行，到經年累月的練習和增進，我體驗到很多的「第一次」，每個的「第一次」都給我帶來衝擊。若要說最里程碑式的「第一次」，一定是那一次了。

除了上帝，沒有人能幫助我的了

越南河內，這個地方對我來說很有特殊的意義，因為我正式成為機長的第一班航機，就是去那裡。

2009 年 7 月，是我正式開展民航飛行生涯；2016 年 7 月，剛好 7 年後正式成為機長，就是在駕駛艙左邊座位的航班負責人 (Commander)。那是夜晚十點的班機，我早在起飛前三小時就到機場準備。

不得不說，這個第一次，比作為副機長的第一次緊張得多了，因為職位越高，責任越大。坐上了機長的位置，意味著飛機上的每個生命都是我的責任。雲層之上，除了上帝，沒有人能幫助我的了。

在地看人，在天看塵世

雖然每位機組人員都需要互相溝通、互相幫助，但作為航班負責人的我，就必須顧及每個人的狀態，包括身體和心理狀況。

誠心之言，機組人員的心理狀態對飛行安全的影響遠比大眾認知的大。曾經遇過一位同事，因為疫情的影響，他十分擔心失去工作，日夜憂慮，導致作業時無法控制緊張的心情，程度已經遠超出可以控制的範圍。無奈之下，我只能拒絕和他合作。這實在是很無奈，但基於安全第一的考慮，我只能這樣做。

回到首次河內之旅。在安全降落之後，我整個人都鬆弛下來，真是可以用「如釋重負」來形容。返回香港之後，也沒多少休息時間，又馬上「跳飛機」，接連飛到天津，休息了一個晚上才回港，回想起來，到現在仍然感到有點疲憊！

現在說起作為機長的第一次飛行，我首先想到的不是緊張和疲累，而是那種似曾相識又獨一無二的夢幻感。飛行員常常被說是擁有最優越工作室的職業，我很認同。人在地上時，看的都是人；當人在天上時，看的都是塵世，雖然肩擔著大大的責任，但看到這廣闊的星月光雲，壯闊磅礴的風景，卻是值得的。

更讓我放心的，望向左邊，還有比一切更重要、更大的指引 — 我的上帝。

「6+1+1」
的飛行感悟

在成為機師之前，要了解這個行業、接受培訓，還要努力練習，鍛鍊自己的心智和能力。成為機師之後，也要持續學習，成就更好。也就是說，由產生學飛的念頭到實現理想，中間要經歷很多很多的學習和努力。

我更逐漸發現，作為機師，飛行時亦實在感悟不少人生。從起飛到雲霄之上再降落，何嘗不是一段人生旅程？

簡單來說，飛行訓練主要涵蓋「6+1+1」的範疇，以應對各種狀況。首先簡述六個飛行階段，其餘「兩個一」是「儀表飛行」及「單引擎操控」訓練。

加速和煞停不可兼得

第一個飛行階段，最基本的是學習地面滑行 (Taxiing)，就是飛機從停機位 (Parking Bay) 滑行到跑道 (Runway)。飛機的動力主要來自螺旋槳或渦輪引擎的推動，雖然飛機起飛前在跑道滑行時，看上去和駕駛汽車差不多，其實有很大分別。

汽車是靠兩個前輪操控方向，而飛機卻依賴機頭位置的輪子 (Nose Gear) 決定的，並主要用腳踏操控。當飛機還在地面滑行時，還記得導師經常強調，不可以同時加速和煞停。當要減速時，機師要先收油門才煞停。因為兩個動作是相互排斥的，同時進行會增快煞車盤 (Brake disc) 的消耗。

　　這並不是甚麼「獨門秘訣」，是人人都懂的道理，但偏偏在為人處事和思考上，很多時都未能避免而自相矛盾。

　　其實起飛和降落也是很考功夫的，太早和太遲減速都不可以，「時機」很重要。飛機飛上雲端之後，大部分時間會維持在同一高度，間或會進行爬升，左右方向的轉變，所以「平飛」訓練是訓練中不可或缺的部分。

「平飛」才是個挑戰

　　來到第二個階段，飛機飛上雲端之後，大部分時間會維持在同一高度　(Straight & Level)，間中或會爬升或下降，左右航向的轉變，可見「平飛」訓練的重要。

　　在三、四萬呎高空控制飛機的航向和高度保持穩定，不是容易的事。就算把飛機維持在一定高度，也要視乎天氣、環境，甚至有沒有突發事情發生。背後還要機組人員配合的努力，完成每個細節。因為這關係到其他使用航道 (Airways) 的飛機，以保持安全距離。

看看人生又何嘗不是這樣，很多我們認為理所當然的事情，其實裡面有很多的恩典，有很多人的努力，甚至加點幸運。又或者，人生的方向可能會不停改變，要接受不穩定的因素和後果。而在穩定下來之後，我們也要持續努力維持，才能保持能力應對挑戰，「平飛」正是這個挑戰呢！

改變航向要力度適中

第三階段是學習改變航向，不同於行駛中的汽車，如果飛機想要在高空改變航向 (Turning)，絕對要小心謹慎。轉彎時要保持飛機的推動力，以維持飛行速度，但推力不能過大，當然也不能太少，否則就會偏離航道，甚至引致意外。

起飛、爬升及下降要懂得分寸

第四及第五階段學習起飛 (Take Off)、爬升 (Climb)、下降 (Descent)、進場 (Approach)，就更是面臨考驗了。通常爬升仰角為十至十二度，一旦超過十六度，就會受到空氣動力學 (Aerodynamic) 定律的影響而下墜 (Stall)，這個情況最為危險！機師一定要避免！

每次調整航向、速度、高度時，更要兼顧控制油量，在下降 (Descent) 及進場 (Approach) 到順利降落 (Landing) 的同時不能浪費能源。所以在各種飛行感悟中，這個算是十分深刻。

人不但要努力，更重要的是知道自己的限制，努力不是用蠻力，要用對方向，用對地方才有意義。不少人在職業生涯中可能會面對轉工的考驗，如何順利自然地「轉方向」是很重要的。不可畏首畏尾，又不能操之過急，因為物極必反，分寸最重要。

安全降落最重要

來到第六階段，航班要降落了。「軟著陸」(Soft landing) 是指飛機著陸時順暢到乘客感覺不到飛機著地，但安全降落不一定是軟 (Soft) 的，若天氣不好，例如雨天或強風，降落就需要堅定 (Firm)。

飛行教官常説：「完美的降落從進場開始。」大概在距離目標機場二十五海浬就要準備控制好飛機的速度、高度和航向，以至下降速率直到降落著陸 (Touch Down) 的一刻，最重要是安全降落。

飛行中的左右手

飛行正如人生，很多事並不是我們想控制就能控制得了的。所以這個「加一再加一」的階段，即儀表飛行訓練和單引擎操控是很重要的，兩者可以確保飛行安全。其實所有民航航班，都是使用儀表飛行規則 (Instrument Flight Rules - IFR) 運作，以便空中交通控制員能夠有效管理相關空域 (Airspace)。

正如人很容易自以為是，以為眼見就是事實。其實不然，人太渺小了。而雙引擎的作用就是萬一其中一個引擎失靈時，第二個引擎還能夠使飛機繼續飛行，降落到最近的機場。

就算只有一個引擎，機長也要學會處變不驚。即使駕駛雙引擎飛機，若不幸其中一個引擎失靈，也要審視擁有的資源，好好思考如何面對。

正如人生就是這樣子，左計劃右計劃，始料未及的事一定會發生，所以要好好裝備自己，盡力了，餘下的就水來土掩，最重要是處變不驚。

世界真的很大

成為飛機師為我帶來了很多，很多的反思，很多的收穫，而這當中最大的感受，就是感知「世界很大」。說「世界很大」並不是單指面積上的大，而是充斥著各種未遇到過的人、未知道的文化、未想過的機遇。眼睛看得越多，心靈滿足越大。

想像的空間 陌生的國度

記得 2018 年的俄羅斯世界盃，我所服務的航空公司提供了包機服務，而作為港人機組執飛更不需要簽証，順理成章我便主力執飛俄羅斯。記得那時候來回十分頻繁，大概三個月就飛了八次，亦接載了不少媒體到俄羅斯去。

在首次到達前，我對俄羅斯很是好奇。由於我從來沒有到過那裡，對那個國度基本上是陌生的，心理自然有很多想像。但當我真的到了他們的首都莫斯科，我發現俄羅斯和我想像的不大一樣，街道比我想的乾淨，人們很熱情很有活力。

在三個機組人員輪流駕駛大約十小時的航程後，這個新刺激的體會是再幸福不過了。雖然我不算是球迷，但那時候我在莫斯科大學和大伙兒看世界盃的開幕式，新的空間和新的體驗，仍然給我帶來無價的回憶。

比認知還大得多的世界

在受疫情影響，各地航線大減之前，公司有直飛加拿大溫哥華的航班；難忘當地比香港美味的點心，但時差就不容易適應了。

我還有執飛馬爾代夫，難得的四天的編制。太太更請了假一起同行，還記得那間需要乘船才能到達的酒店，在海邊游泳時在我身邊掠過的鯊魚。雖然是條幼鯊，但我還是被嚇了個魂飛魄散，十分難忘！

澳洲亦是值得一提的地方，有一段時間公司提供了布里斯班的包機服務，對我來說那裡是個老地方了，因為我最初的飛行訓練就是在澳洲的阿德萊德進行，能夠再飛到彼邦的空域感覺實在奇妙，亦勾起當年不少學飛時的回憶。

執飛澳洲鄰國新西蘭的奧克蘭亦令我增廣見聞，可以順道探訪正在咸美頓受訓的見習機師學員，與他們午餐；了解受訓的點滴。我亦很樂意向他們傳授一些寶貴經驗，幫助他們有更好的學習。

人與人的交往就是這樣，一代接一代，一個接一個，有來又有往，跟駕駛飛機有來有回都是一樣。

相比其他人，因為這份職業，我去過不少地方。但沒去過的地方仍然多不勝數，我相信接下來還有很多機會去看世界，去學新事物，去交新朋友。上帝所造的世界真的很大，永遠比我們認知的還大。

各式各樣的「驚」和「喜」

　　航空作業是十分注重準備及程序的，從飛行天氣、機件的檢查、決定油量到確保相關文件準確無誤，最好的做法就是面面俱到地準備及檢查。我當然明白並且認同，目的是確保飛行安全。

　　不過人人皆知道世事難料，在我這麼多年的飛行生涯中，出現過各種各樣的「驚喜」，有些驚險，有些窩心，有些屬於飛行的，有些關於人與人的，都是生命中不可或缺的調味品。

航班無法按計劃降落

　　2017 年 6 月 24 日，我如常的駕著航班回到香港，當天香港天文台發出黑色暴雨警告，在準備降落的時候收到機場指揮塔的通知，要在天空盤旋等候，我的航班無法按計劃降落。

　　因為天氣惡劣，意味著我亦不能在就近的澳門或廣州機場降落。那天，我在空中盤旋了接近一個小時才可以降落。降落後才得知早前有飛機在降落時滑出跑道。

　　通常遇到這種情況，要不「備降」，要不「復飛」，在選擇方案的時候除了考慮安全，還要顧及運作成本和油量等等。所以通過這個小意外，讓我深切明白到，成為機師靠的不只是技術、知識或學業成績，更需要健全的身心準備，包括直覺判斷、心理質素和溝通能力。

✈ 小學同學在機上寫給我的短訊

✈ 同事贈送的生日卡

超級感動的生日卡

機組人員在每次作業前都要填寫資料，用作紀錄和聲明。我們有個很窩心的習慣，就是通過飛行文件得知每位機組人員的出生日期，然後在飛行結束後作大大小小的祝賀和慶祝。我曾經在很忙碌的時候收到同事贈送的生日卡，因為專注飛行的事，所以真是意料之外。

到達目的地之後，我當然請他們吃頓飯啦！別人贈與的肯定，和一頓便飯相比實在微不足道。但那個回憶到今天仍然是超級感動的，那張生日卡我現在還好好地保存著。

✈ Joel 在航班上巧遇教會女傳道人

Joel 和小學同學夫婦合照 ✈

「你有fans喺後面喎！」

還有一次，在香港飛往曼谷的航班上，一位機組人員突然遞給我一張餐巾紙，你猜猜是甚麼？危險暗號嗎？才不是呢！

原來是我的小學同學，他在聽到我的廣播後，認出我來了，就馬上寫下自己的名字請同事拿給我。還記得那位同事遞給我的時候說：「你有fans喺後面喎！」降落之後，我還和這位舊同學一家人吃了晚飯。看來他比我還興奮，哈哈！

另外一次是我教會的傳道人，她在聽到我的廣播後，也認得我的聲音。她與同行的朋友分享時，她的朋友竟然不相信。在飛機到巡航高度，她向空中服務員傳話，想與我一聚。我既開心又驚訝，我走出駕駛艙與她合照留念，並且叫她不信的朋友閉口無言。真是感動又有趣的回憶。

其實這樣的小驚喜還有很多，例如飛杭州的時候因為「UFO」而不能降落[1]、遇到乘客不適等。有些讓我驚喜感動，但願有些能免則免。無論如何，都是寶貴的經歷，也都是學習的機會。

[1] https://china.huanqiu.com/article/9CaKrnJo0Xq

始料未及的
失誤(Fail)

　　2022年12月7日，對我的飛行生涯來說，又是另一個讓我「難忘」而「重要」的日子。這個「重要」相比之前提及讓人振奮的經歷有一點點不同，因為這是個學習的體會，同時也是個讓我沮喪的日子。

感覺複雜的失敗情緒

　　作為民航機師，每半年都會進行一次考核，內容是以模擬飛行進行，主要考驗在飛行時若引擎發生各種狀況的應對及反應。當然，做了機師超過十年，在行內也算是經驗豐富的飛行人員，這個考核對我來說，一直都不算是困難的。

　　但就在當日的這次考核中，我在第一關就處理失敗，控制的飛機超出限制十五度。總而言之，就是在我認為毋須擔憂的考核中的第一關，我就不及格了。

　　當時負責考核的機長是位德國人，我和他相識多年，為人友善體貼。他面對這樣的情況，自然是有些詫異。不過他還是安慰我，給予我當下最需要的鼓勵。不過對於自己來說，自身的感覺當然複雜得多。

上升到最高點的壓力

考核失敗的當下，我是不能作出甚麼反應的。正確點説，我不知如何是好。如我所説，這是半年一次的考核，而我作為有經驗的飛行人員，應該不會感到很吃力，但竟然在第一關就敗下陣來。而這個考核同時又關乎我的飛行資格。

所以在當下我幾乎有點不能置信，只能機械式地通知上司，按程序安排練習和補考。但在同一時間，我的飛行執照因為考核失敗而暫時失效，在再次考核成功之前都不能工作。這樣聽來是很嚴重的事情，不過我當下已經沒有太大的感覺。回到家後，我才真切感受到巨大的沮喪。

當我稍微冷靜下來，我的情緒和分析能力恢復了不少，自然感到十分的失望和擔憂。其一是暫停了工作，前途未卜；其二是這次的失敗而讓履歷有了瑕疵。再加上接踵而來的訓練和補考，讓我的壓力一下子上升到最高點。

隨後而來的就是補救。持續兩個星期每天的複習，為接下來的補考做準備。可幸公司除了暫停我的執照，也沒有其他的面談或者更嚴重的後果。但我腦海中仍有揮之不去的問號，這件始料不及的事情對我的人生帶來甚麼積極意義？

失誤(Fail)後的
經驗和收穫

　　面對突如其來「考核肥佬」的困境，我心裡承受了沉重的打擊和壓力。雖然當下覺得這是件不折不扣的壞事情，但現在想來，不得不承認當中有極大的收穫，其中最重要的就是家人的支持及上帝的保守。

失敗中的支持和鼓勵

　　記得我是在一個平常的早晨告知太太考核失敗的事，那早上我仍然十分沮喪，甚至已經作了另找工作的心理準備。那時候太太正準備如常出門上班，在聽到我這番話後就把手提包放下，嚴肅而凝重地跟我說出她的看法。

　　對於妻子來說，最大的挑戰並不是我考核失敗而引發事業危機，而是我的心態，還記得她跟我說：「你當然可以轉工，但唔係宜家，因為你唔可以逃避失敗。」也就是說，這件事情對她來說最大的挑戰是我面對失敗的態度。

　　我和太太都是教會組長，在一次小組聚會中，我們分享了這件事情，太太也帶領組員為我祈禱，和我擁抱，最希望的就是我能勇敢面對。雖然這次風波讓我十分憂心，睡眠質量大大下降，但有了太太和組員的支持和鼓勵，一切都不那麼難過。

　　不只是太太，家人和教會牧者在這次考核失敗中對我的支持，也是不可或缺的鼓勵。記得在冬至的那夜，我跟媽媽、弟妹說出這件事，他們雖然對我工作上的事情不甚了解，但都很用心為我祈禱，安慰我，給予我很大的支持。牧者在崇拜後也為我祈禱，把補考交到上帝的手中，依靠祂，相信祂的帶領。

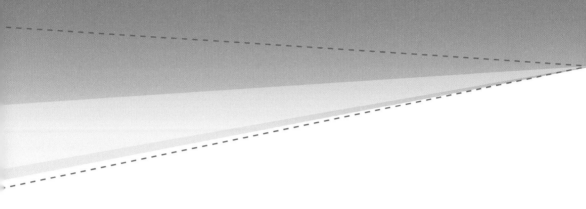

如此真實的平安夜

補考那天正值 12 月 24 日平安夜,補考時間是早上十時。中午時分我收到通知補考及格,而且公司還編了我「復飛」行程,翌日聖誕節早上七時多飛北海道。那天晚上我終於「有覺好瞓」,「平安夜」來得如此真實。

翌晨天氣非常好,藍天白雲,這對我來說真是極大的恩典,能夠重新飛上天空,簡直是我職業生涯的第二次生命。

珍貴的反思和感悟

在這件事情上我有多個深刻的反思和感悟,是十分珍貴的經驗和收穫。

第一個就是「不要輕敵」,雖然有多年的飛行經驗,但人活到老學到老,萬萬不能因為習慣而驕傲,因為日常而輕敵。過去多少年月都不能代表當下,更不會代表未來,所以要謙虛,並持續學習。

第二個是我再次意識到飛行這份職業對我的重要。當然,我從小就想當飛機師,而且也順利在這個行業度過這麼多年。但這次的失敗為我敲響了警鐘,提醒了我是多麼重視我的職業,我是多麼喜愛飛行,衝上雲霄的振奮和藍天白雲對我來說是多麼多麼的重要。

再來就是「要傳達關懷」，那位考核我的德國籍機長，在當下的反應其實十分關鍵。如果他當時嚴肅一些，或者表達出很大的失望，對我往後的影響是很大的，很可能為我接下來的補考表現帶來負面效用。

經過這件事情，讓我學會將心比心，將來面對後輩，我也會盡量鼓勵和給予支持，以關懷的態度傳授知識和經驗。

最後就是深切意識到「時勢」的影響力，過去多年的疫情，各行各業都削減了大量人手，而在逐漸恢復正常的情況下，人力變得緊缺而珍貴，所以考核失敗後被「炒」的機會相對減少了。對於這點，我是懷著感恩的心，也是個很大的提醒。

準備剛開始下半場的飛行人生

教會牧者曾經對我說，「機長」這個身份終有一日要放下，這個身份終會在我生命中退場，要及早做好心理準備。

這句話對我有很大的啟發，因為我從來沒有這樣思考過。我當然認同他的說法，也要做好心理準備。原來我要準備的，不單是下一次的飛行目的地，還有我才剛剛開始下半場的飛行人生。

橫向及縱向
思維的決策力

飛機師是一份夢幻的職業，特別是在擔任機長之後，那種成就感是無與倫比的。當然，伴隨成就感的就是責任感。機長作為整架飛機以及整趟飛行旅程的最高負責人，除了要有相對的專業技術以及決策權，十分重要的還有「決策能力」。

五個決策常用的步驟

當飛機飛在天上，一切的不確定性以及突發狀況，都需要機長以有條理、有系統的方式去解決。而在這些難以預測的情況中，協助機長決策常用的主要有五個步驟，稱為 CLEAR model。

這五個步驟分別是：C 代表 Clarify (澄清)，L 代表 List (排列)，E 代表 Evaluate (評估)，A 代表 Action (執行)，最後 R 代表 Review (覆審)。乍聽之下好像不是非常困難複雜的工作，但絕非如此。

綠、橙、紅色的狀況

Clarify（澄清）是指機長必須針對眼下發生的狀況作出準確的判斷，並不是說作出準確的策略，第一步僅僅是要分析情況，但其實也是不容易的。

舉些例子，「聲音」和「顏色」是十分重要的，兩者可以說是機長和飛機溝通的語言。例如機艙飛行系統上的各種指示燈，綠色代表安全，琥珀色（Amber）燈亮了就是有狀況，而紅色是最不想看到的，就是代表有危險。

又或者是飛機的速度、高度，會因為突如其來的氣流、雷暴及側風等等惡劣天氣狀況而改變。在面對高空上的考驗時，機長第一步要做的是利用飛行的經驗看穿情況，這才能作出相應的反應。

用簡單、直接、清晰的語言

Clarify 除了指機長對飛機狀況的分析和判斷，還代表和空中團隊、地面團隊的溝通。因為到了高空，每個資訊、數字、指示都十分重要，甚至是緊要關頭決定性的因素。

所以在溝通過程中，使用的語言一定要簡單、直接、清晰。例如空中交通控制員（Air Traffic Controller）給予航向（Heading）指令時，「100」不會說成 "one hundred" 而是 "Heading - one zero zero"，因為後者比前者清晰很多，誤會以及出錯的機率就相對減低了。

還有最最重要的是，收到指示的一方，必須重複 (read back) 一次指示，讓對方知道自己有沒有誤解。

其實常常說「誤會」，指的就是各有各想法，各有各說法。如果這樣簡單直接地表達，對方又重複一次，來個雙重保險，世間很多誤會都不會發生了。

總要有 Plan B 計劃

在準確判斷眼前狀況之後，才能夠順利執行下一步 ─ List。List 指的是針對眼下狀況，羅列出可行的解決方法，然後再評估 (Evaluate) 利弊、可行性，在腦海裡寫出列表。這是非常考驗飛行人員的心理質素及其應變能力。而解決方法亦不能只有一個，總要有 Plan B，大多數時候是大概要有最少兩個候補方法。

機長不單只有橫向思維，還要有縱向思維，預測接下來會發生怎樣的狀況，從而選擇出最有利的做法才執行 (Action)。最後還要覆審 (Review) 整個決策，檢視可否有改善的地方。

不要以為機長執勤時只是面對飛機及天氣狀況，很多時候乘客也會發生很多突發事件。例如機艙內有乘客的醫療狀況，包括流血不止，各種痛症甚至心臟病發作等等，都是需要有鎮靜的心理和專業的訓練才能應對的。

得到正確的資訊，然後分析釐清手上的資訊，再作出多個可能的解決方法，一面學習，一面改進。說來說去好像有點老道理的感覺，但做機長和做人，很多方法都是共通的。

翱翔天際非必然

回首三年的新冠疫情，封城、檢疫、失業籠罩全球各個角落，一切習以為常的生活被徹底改變。依賴旅遊出行的航空業，處境一度岌岌可危，航空公司的營運固然大受打擊，有航空公司甚至因此而結業。面對此次難關，我可以如何自救？

最省錢的早、午餐

疫情初期，航空班次大為減少，由過往平均每月要執勤十二趟航班，驟減至平均每月執勤三至四趟航班。我和各機組人員被要求「上一個月班，放一個月無薪假」。後來疫情愈發嚴重，各地都採取封城措施，客運航班差不多全線停運，我一整年都處於「休息」狀態。

航空業停滯的情況，對我的生活打擊頗大。以前正常工作，正常發薪的日子，吃一頓基本的飯餐不用太在意價錢，但在大幅削薪，甚至零收入的情況下，只能以積蓄維持生活。「開源節流」這四個字，成為我每天生活的「最高原則」。

印象最深刻莫過於早、午兩餐，快餐店當時最實惠的是 $24.5 的特價早餐，這個早餐陪伴我走過整個疫情。到午飯時間，為了節省那「十元八塊」，我拖到兩點半的下午茶時間，以較便宜的茶餐代替午餐。到晚飯才回復到較「正常」的狀況，我和太太的晚飯一向以簡單為主，她下班後如常買些新鮮肉菜回家煮食。

這種改變固然不太習慣，但我每天仍然懷著感恩的心，咬緊牙關撐下去，相信疫情終有完結的一天。

既熟悉又陌生的駕駛艙

疫情第二年，雖然客運航班幾乎全部停頓，但空運航班仍然有一定需求，不少客機搖身一變成為貨機，我因此得以間中有執勤「貨運機」的機會。

按照規定，即或在沒有執勤的日子，我仍然要定期進行飛行模擬駕駛訓練，但畢竟隔了一段時間沒有走進飛機駕駛艙，當再次回到那裡時，飛機駕駛艙、座位、機件配備完全沒有改變，但一種既熟悉又陌生的感覺湧上心頭，那段日子許許多多有形、無形轉變，都需要我重新適應。

在駕駛艙內最大的適應是駕駛習慣。原本編制上是一位機長配搭一位副機長，機長坐左邊，副機長坐右邊。為了控制成本，許多副機長在疫情期間都不被續約，所以在那段時間變成兩個機長在來回的航程中輪流執勤，在其中一程中我要坐不習慣的右邊駕駛座位，執行副機長的任務。

由於飛機只是裝載貨物，機上只有兩位機長，以及兩位空中服務員，心理壓力相對減低。不過每當走進客艙，一覽無遺的盡是空置了的座位，冷清的場面令我不自覺地感到唏噓。

擾人檢測 漫長的等待

疫情中讓我最煩惱的事,莫過於檢疫的過程。每個地方有著自己一套的檢疫標準,例如飛往內地時,需在執勤前獲得陰性檢疫的證明,我通常需要一日前,在社區中心花一至兩個小時排隊檢測。

以來回上海的航班為例,由離開家到返回家,最少要花上十三小時。起飛前最少一個半小時準備,由香港飛到上海大約兩個半小時,在機場上落貨、消毒等要三小時,回港航程再加兩個半小時。

航班抵港後,檢疫人員要在機場替我採集樣本檢測及等候結果,在等候區呆坐兩小時得知為陰性後,才由專車將每位同事送回家。我住在荔景,通常專車會先往屯門及荃灣區,跟著才輪到我,往往要在車中多待超過一個半小時。「最高紀錄」我曾經四個多小時後才回到家,感到既無奈又心力交瘁。

有次難忘的經歷,在將要完成檢測程序準備回家之際,突然收到衛生署的通知,因為不能確定樣本的採集結果,需要再重新採樣,令原本兩小時完成的程序變成了五小時,那天我的總工作時間為十六小時!

檢測雖然十分擾人,但我還是充滿感恩,「起碼有得開工好過呆坐在家中」。現在疫情總算過去,回望那三年,感覺一切如夢一般虛幻,自己亦更加珍惜每次執勤,因為能夠翱翔天際原來並非必然的。

教育篇

做機長
不再是夢想

加入航空業已經有一段時間了，機長這份工作絕對是我喜愛的，並且我也很樂意為這份工作付出。不過我希望能夠做到的，遠遠不止如此。舉辦航空課程，即是把這份神奇的職業，以及航空界的各種知識傳承給年青人，同樣是我憧憬想達成的理想。

機長都是外國人？

為何要舉辦航空課程，創立航空學校，我有幾個充分的理由，理想和機遇都告訴我，這是件很有意義的事情。

首先大家都可能觀察到，今時今日華人機長仍然不多。我作為華人機長，身邊很多機長同事都是外國人，甚至從一開始的接觸飛行、接受飛行訓練、進行飛行考核等等，遇到的幾乎都是外國人。

這個現象和我們身處的周遭文化有很大關係，我們小朋友接觸航空知識的機會並不多，環環相扣下，機長自然並不是普及的職業，或者說在生涯規劃中，投身航空業並不是優先的考慮。

從小接觸航空教育

我覺得，如果能讓華人小朋友接觸到這份職業，他們當中總會有一部分有興趣加入這行業，甚至最終能夠成為機長。

其次我多年前就曾經接觸過模擬飛行公司，覺得辦航空教育是很有前景，並且是個很好的方式去推廣這行業。自從那時候起，我就計劃在退休之後開一間模擬航空學校，在推廣之餘，也不會因為退休，我的航空生涯就此結束，只是換了一個方式工作罷了。

我小時候參加過童軍，受過難得的領袖訓練以及團隊合作技能訓練，到了讀專上教育以至初期在業界的服務，也受過一些管理訓練，所以現在和同事、團隊的相處和溝通才比較順暢。

因著這些過往經驗，讓我明白從小教育小朋友的重要性。相比成年人，小朋友的可塑性高得多，吸收能力也強很多，所以若他們在早期接觸更多新事物，更容易發掘他們的潛能和興趣。

提前開展的「退休計劃」

雖然說這個是退休計劃，但「天氣往往不似預期」，人生有時候怎麼可以計劃到那麼準確，一場三年多的疫情，讓我得到了預期之外的假期，卻是個提前開展「退休計劃」的好時機，所以在兩年多前這間航空學校就開始了。

現在想來，小時候童軍的經歷對我的影響真是不小。在童軍裡除了訓練到合作能力和團隊精神，還有很重要的一點，就是去探索。身邊很多朋友讓我看到，人長大了，工作了，肩上的責任重了，很容易就被「穩定」俘虜，失去了探索和嘗試的勇氣。

轉念想想，機長的定期考核，不正是強調持續學習的重要性嗎？要不然很難保持最佳身心狀態。

人生過去的經驗、計劃當然至關重要，但有時候也要看外在環境。如果對自己有意義，為何不大膽跳出一步，讓自己試試新事物呢？

Practice
makes perfect

做事情當然是覺得有成功機會才去進行，但誠實面對各種挑戰和限制，當然也是成功不可或缺的一部分。因為並未普及，並未飽和，香港的航空教育是有潛質和前景的。但這是一體兩面的，正因為如此，香港的航空教育也有不少挑戰。

「貴有貴學，平有平學」

其一就是家長。在華人的觀念中，不少家長都希望子女長大後，能夠有一份體面而穩定的工作。而最熱門的，幾十年就那還不是那幾個，航空業固然不在「那幾個」之內，所以形成了華人家庭較少接觸這個行業，家長們自然也不會想到鼓勵小朋友去做機長。

當小朋友還沒有「話語權」，家長又沒有這方面的想法時，不要說是歷史悠久的航空業，一些未成氣候的新興行業也很難接觸到。

至於希望把航空教育帶進學校，學校普遍第一個反應就是「資源」，除了要學校肯引進航空課程，那些學習儀器和設施的確是筆很大的開銷，但我認為這並不是個很難解決的課題。

　　因為航空課程「貴有貴學，平有平學」，如果學校可以支付一筆費用購買相關的器材，那當然很好。若資源有限，其實還有很多的方法能讓小朋友了解飛行，例如可以用乒乓球等了解氣壓，可以摺紙飛機學習結構，還可以購入一些相對較實惠的電腦模擬器體驗飛行等等，這些都是可行的方法。

方法比限制多

　　說來說去其實繞不出一個話題，就是文化區別和習慣。在外國要接觸飛行是相對容易很多的，也不需要有大學學位，只要考取到相關牌照就可以，有點類似考駕駛執照的概念，所以駕駛私人飛機也是很普遍的事。

　　還有的是華人普遍的教育思維不大重視鼓勵性，很容易造成小朋友自卑心理，較難培養堅強獨立性格，也會讓他們更容易害怕失敗，這些性格對駕駛飛機不利！

　　英文是國際通用語言，所以聽、說英語是加入航空業必備的條件。不過不要誤會，我並不是說機長的英語能力得像外國人一樣流利，只要能夠明白飛行指令，以及能夠和團隊包括機場控制塔溝通，就沒有甚麼大問題了。

　　況且那些看來複雜得不得了的指令，接觸多了其實也是很簡單易明，還是那句話嘛：Practice makes perfect.

　　所以說限制嗎？其實不少；但方法嗎？一定比限制多。

意想不到的航空科學普及教育

　　我開展航空教育，並不是說要培養出多少個帥氣的機長，以便他們有朝一天可以「衝上雲霄」，能夠培育到當然更好。但我的初心是想讓小朋友更容易接觸到「飛行」這個體會，讓他們知道這是甚麼樣的一回事，從而有機會選擇。即或做不成機長，通過航空科學普及 (STEM) 課程，學到的東西還是非常多。

融會貫通的巨大收穫

　　首先就是跳出舒適圈，得到接觸新東西的機會。其實每個人都是有自己的長處，只是很多人沒有發揮出來，又或是沒有遇到自己擅長的領域。只有通過多接觸，多了解，多發掘，才能看到更多、更遠。

　　其次在學習飛行理論的體驗中，小朋友是需要運用到各種知識的，例如科學、數學和物理等等。學習固然重要，懂得運用同樣重要，如果能夠把各樣知識融會貫通而加以利用，那就是個巨大的收穫了。

　　我曾經提及過的，學習飛行、加入航空業其中最重要的技能之一，就是溝通和團隊精神。其實生活、工作和人際中能夠運用到這個技能的地方，可以說是十分十分多，航空科普課程就是個良好的機會給小朋友學習，就像我小時候在童軍和銀樂隊裡一樣。

展翅飛行學會到各學校 ✈
教導學生飛行知識

「眼觀六路，耳聽八方」

最後就是，手、眼、腳的協調力對飛行是十分重要，因為在飛行的時候，不但要高度集中，還要專注多個事項。如果能夠做到不同時間專注不同的東西，即是多功能 (Multi-tasking)，操控機械的能力增強了，對思維訓練和日常生活都有很大益處，正所謂「眼觀六路，耳聽八方」便是這個道理！

所以，我希望家長們能夠早一點讓小朋友多了解航空業，當中的獲益可能是意想不到的。

少玩手機多動手
訓練思維能力

　　從決定學習飛行、訓練考試、成為機師，到現在開設模擬飛行學校，熱誠固然重要，也是我最大的動力。但當中經歷的每個步驟，要學習及面對的困難和考驗卻絕對不少。

沒有科技仍能發揮專業

　　從普遍認為比較簡單的操控飛機起飛、下降說起。科技發達，很多飛行儀器和設備都已經自動化，給機組人員很大的幫助和便利。但是作為專業機師，仍必須時刻保證在沒有科技的幫助下，仍然能夠發揮最大的專業技能。

　　在飛行學校，每次考核都有起飛下降速度的相關「計算」內容。這計算看似可以交給電腦完成，但機師對計算卻要熟爛於心。每次起飛下降的天氣、風向和飛機重量都不同，我們都要掌握根據計算出來應該使用的速度 (Take-off Speeds V1, VR & V2)。亦要計算油量，不可以不夠，也不可以太多。

不但如此，機師還要面對各種突發狀況，或者在惡劣環境作出正確的決定。記得有次我需要在狂風暴雨中降落，那是個極大的挑戰，因為飛機最多可控的側風速度為三十二海浬，那次面對側風的風速為二十九海浬，非常驚險。在安全降落後我才懂得害怕，當然也為順利降落而感恩。

民航機的小知識

很多人都不知道飛機燃油儲存在甚麼地方，是在機身的位置吧。原來大部分的燃油是放在兩邊機翼裡，小部分是放在機身及機尾水平翼內。以空中巴士 A330 為例，兩個渦輪引擎 (Trent700) 飛行一小時的耗油量加起來大約五噸，所以飛一趟四小時航程往東京，便需要用超過二十噸的燃油。

螺旋槳和噴射引擎是飛機的最大動力。起飛時當然要有足夠的動力，當完成爬升，就要利用順風來飛行以減少耗油量。

「能見度」(Visibility) 是飛行時十分重要的因素，隨著科技的進步，現在的民航飛機已經使用投射型的數據儀表顯示屏 (Head-up displays - HUD)。這個科技最初是運用在軍事上的，後來才用在民航飛機上。

另一個對飛機至關重要的是引擎，較舊式的飛機如果兩個引擎都發生故障就不行了。但如果發生在新式型號的飛機身上，例如：空客A350，還可以依靠強勁的電池能量保持自動系統 (Autopilot) 正常運作，以減輕機師工作量，讓他集中精神處理其他問題。

還有，一般而言 GPS 是用三維定位，而飛機的 GPS 是需要用到四至五個衛星，以確保位置的準確。

我很喜歡《壯志凌雲》這部電影。裡面有說到「F14 雄貓 (Tomcat)、F18 大黃蜂 (Hornet)」等戰機，它們最高速度可以達到超音速兩倍。最近《壯志凌雲II》(Top Gun 2) 裡有架超音速十倍的戰機 (Darkstar)，反觀現在的民航機大概是音速零點八倍而已，可見電影中的戰機速度十分驚人。

發展超音速飛機最大的挑戰是要克服噪音和高耗油量，在各地都有噪音管制下，昔日英法研製的一代超音速民航機和諧飛機 (Concord) 以音速兩倍飛行，可說已經是民用飛行的極限。

無人機的倫理問題

「航空百年，一日千里」，航空業的科技發展達到前所未有的高速度。「無人機」自然亦成為熱門的話題。圍繞無人機的討論主要有三個憂慮，分別是「信心」、「安全」以及「責任」。看似是三個考慮，其實是同一個面向。

信心 (Confidence) 是關於乘客的，要乘客登上無人駕駛的飛機，飛到幾千幾萬呎的高空，是需要很大的心理依靠和信任的。但根據數據分析，過去所有的飛行意外，七成都是人為的。換句話說，理論上「無人機」比「有人機」安全！

話是這樣說，關鍵還是心理因素。關於無人機的安全 (Safety) 和責任 (Liability)，主要是不知道萬一出了事故，由哪一方來負責任。這不只是高科技話題，還涉及到一些複雜的倫理問題。

來自五湖四海的機長

說到做機師的前期準備，年青人問得最多的是學科的選擇。是否理科學生才能做機師呢？其實不一定的，我有很多機師同事都來自五湖四海，英文系、護理系、會計系都有，而各個科目的優勢和能力也不一樣。

如果有心加入航空業，甚至想成為機師，有熱誠，以及持續學習的耐力，人人都有機會。反而我在模擬飛行學校中觀察到，現在的小朋友動手能力比以前差了，以摺紙飛機為例，摺到第四、五步就跟不上了。所以還是少玩手機，多動手訓練思維能力吧！

我完成了
三分二個航空夢

能夠成為香港人機長，是我的第一個夢想。開設模擬飛行體驗學校，是我的第二個夢想。我感謝上帝給我這兩個難得的機會及恩典，得以達成這些願望；今後我更希望能夠把這個位分傳承下去，達成第三個夢想！

能夠「高飛」是上帝的恩典

記得在我去學習飛行前，一班舊同事為我餞行。一位同事送我一幅由一位基督徒書法家寫的「鷹」字字畫，字畫附有（以賽亞書四十：31）經文。我不單把字畫帶到澳洲，還把這經文記在心上。一方面鼓勵我的學習，另方面提醒我，這個追夢的過程不是靠自己的能力，而是上帝給我的機會和祂的帶領。

這段經文給我最大的提醒是「他們必如鷹展翅上騰」，如果觀察雀鳥飛行，牠們大部分時間都是利用風力滑翔。尤其是鷹十分懂得善用山谷中的氣流，所以牠飛的時候毫不費力。正如基督徒「飛」的能力也不是靠自己，而是上帝的恩典。

及至時機成熟，開設這間模擬飛行學校時，我第一時間便想到用「展翅飛行學會」這個名字。我用「學會」而避免用「學校」，是希望不會讓人有過於傳統的感覺，當然也不想有太濃厚的商業意味。

由不可能變可能

至於「展翅」的標誌，包含了三個英文字母「WFA」，看似一隻鷹，鷹頸部分有四條橫槓 (four bars)，代表「正機長」。當正式成為正機長 (Captain) 後，制服上才可以戴上「四劃」的臂章。「W」主體的三劃是代表「三位一體」(Trinity) 的上帝。至於英文字母的「W」代表 Wings 之外，中間以白線顯出「F」代表 Flight 及「A」代表 Academy。

標誌以天藍色為主調，除了代表天空，還有這是以色列國旗的顏色，因為我是一位接受猶太根基的基督徒。以色列在被滅國二千多年後，在七十多年前復國，在世人眼中可以說是件不可能的事。以色列的上主是真的，在祂沒有不可能的事！

正如我一樣，當時沒有人相信一個在石硤尾街頭長大的草根小孩子，將來會成為華人機長。上帝是行奇事的神，祂揀選以色列成為列國的祝福，祂亦成就了我的夢想。我希望藉著這個機構帶出在上帝裡沒有難成的事及祝福新一代。那麼這間飛行學會和其他的有甚麼不同呢？相信是核心價值 (Core value) 吧。

從學飛中領略做人素質

香港大約在十多年前已有這種飛行體驗，他們用的是大型民航機，目標大多是成年人、情侶或遊客。但「展翅」的目標則是所有人都有機會親嘗飛行體驗，而且學習及體會均從小型飛機開始，突顯循序漸進的學習模式，從中體會飛行的樂趣，尤其幫助有志年青人日後能夠考慮加入航空業。

「展翅」更不忘社會責任，而非把利潤最大化。所以，我們會到不同學校舉辦課外活動，又以合理的收費，讓基層家庭的小朋友有機會一嘗飛行的滋味。

其實我最希望的是，透過航空訓練帶給學員學習到做人做事的態度。包括：如何面對失敗，怎樣和人溝通時具備冷靜的思維，因為這些素質對小朋友的發展十分重要。

航空教育未完的夢想

我更不忘在上飛行體驗課程時，向學員傳遞《聖經》及信仰價值。例如，在談到雀鳥飛翔，特別是鷹的特質時，我會提及學會標誌上的《以賽亞書》經文，向學員們分享上帝的創造。當教到空氣動力學時，我會提及這世界在物理上的限制，而大自然則涉及到上帝創造的規律。

飛機飛行時，更會感受到空氣和風的威力。但正如《聖經》所說，我們是看不到空氣和風，卻可以接觸得到。這如同「聖靈」的工作，使人心悔改，明白真理。這些見證都讓人看到上帝創造的奇妙。

至於我將來的夢想，仍然離不開航空教育。我希望學校的校本課程，未來有系統的加入飛行科普，機師們以義工性質進駐每間學校達到「一校一機師」，教導學生飛行知識。期望一天，在赤鱲角機場迎面而來的，外國人機師不再是大多數，而是土生土長的香港人機師。

夢想篇

「飛行宣教士」
的夢想成真

夢想與工作，不少人都視為二選一的難題。有人為了夢想放棄麵包，也有人甘願成為社會芸芸齒輪的一環。如果我告訴你，人生是充滿無限可能，每個人都是上帝獨一無二的創造，只要敢於夢想及付諸行動，並且相信祂的帶領，夢想與工作之間可以是個等號。

改變人生航道的見證

萌生飛行宣教的信念，要從 1989 年的一個見證説起。當時我年紀尚輕，還未找到人生方向，空虛迷惘時經常思考：「人是為了甚麼而活？」

上帝聽到我的呼求，差派了一位中學學長，邀請我參與青衣宣道會的團契，透過他病得醫治的生命見證改變我人生的航道。

當時他滿懷感恩地説：「我曾經突然患上怪病，高燒不止、腿腳腫脹，留院觀察很久也找不到病因。之後有一班基督徒朋友來為我祈禱，我不久奇妙地病癒，這是上帝的醫治，改寫了我的生命。」

學長的分享令我深受觸動，更在稍後教會的崇拜中(我記得那天是 1989 年 11 月 19 日)，認識到信仰的四個屬靈原則：神創造、人有罪、神差兒子來拯救、拯救後得著救恩。

　　我彷彿找到解答生命的鑰匙，毫不猶豫選擇確信基督，當刻我驚覺：「哇！我的罪債一掃而空，成為了新造的人。生命很輕鬆自在，有種前所未有的興奮！」

　　從此基督為我開啟了祂應許的大門，我一步步跟隨祂安排的計劃。

逐夢征途的啟航

　　教會的宣教文化根深蒂固，由起初建堂時已經鼓勵信徒走入人群傳講福音，委身事奉。而信主初期的我，耳濡目染根植了宣教的種子，並在周家和傳道鼓勵下，入讀了中華神學院的聖經研究副學士課程。

　　而我選讀此課程，是因為修畢課程後可以投考美國芝加哥的慕迪聖經學院 (Moody Bible Institute)，裡面有我夢寐以求的飛行宣教系及學位 (BSc in Missionary Aviation Technology)。

　　美國的飛行宣教歷史悠久，有一間成立了七十五年的飛行宣教機構 Mission Aviation Fellowship (MAF)，培育了許多飛行宣教士，將福音帶到森林、荒蕪之地。

　　其中有個事蹟令我深受感動，曾經有三位飛行宣教士，前往危險的食人族部落傳福音，在宣教過程中全數被村民殺害。三位宣教士的太太繼承丈夫的使命，繼續到食人族傳福音，最後她們在主的保守下，將整個食人族改變。

　　我因此認知到飛行宣教背後的重要意義，決意捨棄原本穩定的職業，開始鑽研飛機工程，期望效法飛行宣教士將信仰和工作合而為一，為遙遠且被忽視的人帶來福音。我的逐夢征途正式啟航。

遇到並肩作戰的戰友

記得在一次見習機師面試時，面試官問我：「為甚麼你想做機師？」我坦誠回答：「我希望透過機師職位，將福音傳到不同地方。」這個充滿福音理想的答案，在航空公司看來是答非所問。果然，我收到的是落選通知。

外界的不理解，加上我三十二歲才成為自費航空學員，在競爭激烈的航空業毫無優勢，這條逐夢之路似乎未開始便結束。

但當上帝關上一扇門時，祂總會為我們打開一扇窗。那時我已經轉會至播道會同福堂，主任牧師何志滌竟然是位飛機愛好者！他鼓勵我堅持追夢。那刻我恍如遇到一位並肩作戰的戰友，重燃我追夢的初心。

懷著何牧師的勉勵，以及教會弟兄姊妹的理解和支持，我終於在面試香港航空時過關，他們信任我，破格地錄取了我這位「飛行宣教士」。

就這樣我獲得這份夢想工作，過程中雖然充滿跌宕起伏，但正如《聖經》記載：「你若信就必看見神的榮耀。」(約翰福音十一：40) 只要向祂擺上自己的夢想，朝著目標勇往直前，在上帝的時間表裡，我們的美夢終能成真。

成為追夢者
夢想的載具

人為甚麼而活？人生的意義是甚麼？因著自己的經歷、價值觀不同人，都會有各樣不同的答案。作為基督徒，我們是蒙福的，只要跟隨《聖經》的教導，儆醒祈禱，上帝會一步一步帶領我們活出命定的人生。

連結業界信徒，發放上帝平安

2014 年的馬航 MH370 號班機失蹤事件，是我信仰的轉捩點。當時人心惶惶，無論是機組人員或者乘客，都對飛行失去信心。一班業界基督徒看見這恐懼的氛圍，便組織了「香港航空業基督徒聯盟」(Hong Kong Aviation Christian Union)，期望透過信仰帶出平安。

我聽到這個消息，深知這是見證上帝的機會。二話不説加入聯盟，在沒有宗派及教會背景的地方，與一班相同心志的業界基督徒相聚，為不安的同事及乘客祈禱。聯盟更自製許多「福音行李牌」(Blessings Luggage Tag)，每次出發前我會贈送給同事，發放上帝的平安。

除了香港有航空業的基督徒聯盟，原來在全球都有我們的同行者。例如美國有 Fellowship of Christian Airline Personnel (FCAP) 的組織，是業界規模最大的基督徒聯盟之一，在不同機場都有聚會點，而澳洲有 Airlines Christian Network (ACN) 連結全世界的業界信徒。

可以將福音帶往世界各地，或許是航空業獨有的優勢吧！所以我稱自己為「上帝的空軍」。不過機師這職業卻普遍給人「花心不專一、玩世追求物質」的印象，我們要小心這些「魔鬼的攻擊」。

面對俗世價值觀的挑戰，基督徒機師要保持聖潔和謙卑的心，在飛行過程中堅持禱告，建立空中的「禱告網」，在試探中彼此守望，藉著信仰告訴大家：「我們是上帝的空軍，會以專業和正直的心去傳揚福音。」

積累成長，根植信仰的教會生活

一直以來，教會生活幫助我一步步成長，根植了自己的信仰生命。年青初信主時，感恩在團契裡受導師的帶領及栽培，令我這張白紙牢牢地刻上上帝的印記，奠定我信仰的基礎。後來轉了教會，在小組裡認識年紀相若的弟兄姊妹，教會生活充滿歡樂，彼此享受肢體間的交往。

現在扎根 611 靈糧堂，退去了年輕時的稚氣，承擔牧羊人的角色，恍如當初導師栽培初信時的我般，在小組裡牧養組員。

　　回望教會團契的點滴，發現因著弟兄姊妹的相處，令我在充滿變數的航空職場裡，能夠成熟並自信地應對人際交往，知道一句「無心」的說話會破壞同事關係；而一句適切的鼓勵卻幫助到同事。「Well done! Good Work! Appreciated! Thank you!」這些從正面鼓勵而建立的關係，都是從教會生活中慢慢積累而成。

「工作神學」更新對信仰認知

　　牧者經常鼓勵信徒尋找信仰的意義，基督信仰的核心是甚麼？我聽從了上帝的呼召，展開信仰尋根的旅程。

　　我報讀了神學課程，認識到不同信仰理論、教會歷史等等。修畢後，機緣巧合下接觸到伯特利神學院轉化型領導學博士課程 (Doctor of Transformational Leadership)，了解到「工作神學」以及「《聖經》領導學」，這學習旅程再次更新我對信仰的認知。

透過信仰帶出平安的「香港航空業基督徒聯盟」標誌

HKACU

工作神學的第一個概念，是學習如何令工作與信仰產生關係。上帝是分配工作的神，我們就像亞當，要成為伊甸園的好管家，憑著才幹、智慧和性格，充滿熱誠地完成工作，榮耀祂的名。

其次，學習思想工作的意義。記得有個講述兩名工匠敲碎石頭的故事，當被問到為何要敲碎石頭，一位工匠回答：「我收到指令要這樣做。」另一位則回答：「我在興建榮耀上帝的教會。」

答案取決於你賦予工作甚麼意義，可以是你的專長、興趣、上帝的安排等，但最重是在工作上「活出你的 Being」。以我為例，我的職業是駕駛飛機，在飛行過程中連結乘客的夢想。故此這份工作不只是「機師」，而是追夢者的夢想載具。

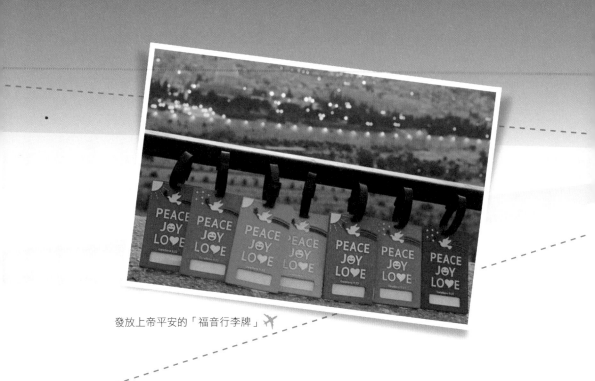

發放上帝平安的「福音行李牌」✈

實踐中活出上帝安排

還有更重要的是學習如何作領導。稱職的領導者恍如耶穌基督的生平，主要有四種特質：第一，成為有魅力的領袖 (charisma)。第二，關心門徒的領袖 (individual consideration)。第三，向門徒傳遞真理 (knowledge transfer)。第四，啟發門徒找到生命意義 (motivate, inspire)。

在修畢這個課程後，我從這四個層面去理解工作，思想工作在信仰裡的意義，從實踐中活出上帝的安排。

人為甚麼而活？甚麼是人生的意義？我無法給予標準答案，但對我來說，現在除了做好機長職責，更希望透過「社創基金」支助的「We Can Fly」活動，用我的專業讓草根家庭的小朋友有機會追尋夢想，翱翔出屬於他們的天空。

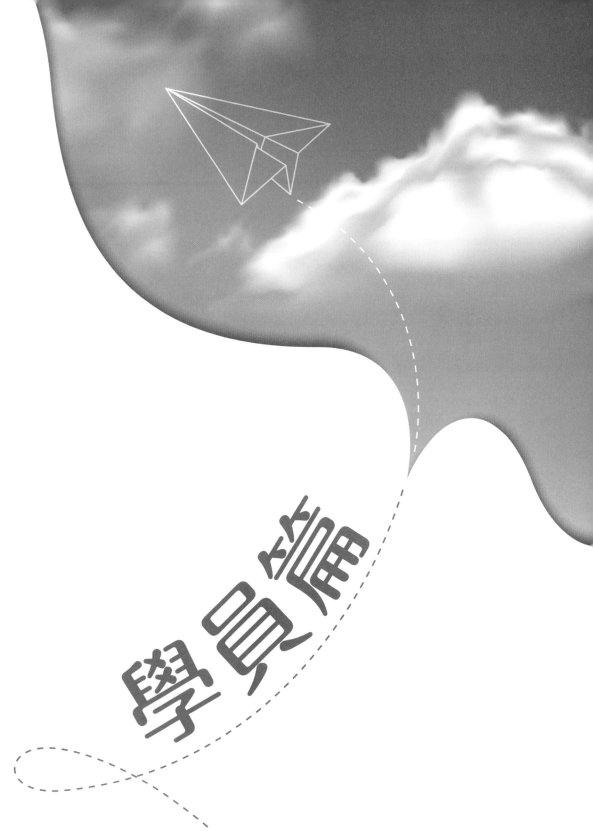

學員篇

體驗、明白、接納

　　「老婆，呢隻飛機唔同嗰隻㗎，呢隻型號係⋯⋯，嗰隻型號就係⋯⋯。但係我最鍾意都係⋯⋯型號！」這些說話，並非出自一位專業飛行員之口，卻是一位非常喜愛飛機和飛行的醫生對太太的一番話。

「最勁嘅機師先可以飛香港㗎！」

　　骨科專科醫生楊鼎基 (Isaac)，從小已經對飛機、飛行十分著迷，亦對天空充滿好奇，所以當他知悉 Joel 開辦的模擬飛行體驗學校時，二話不說就報讀了。

　　Isaac 小時候，啟德機場還是香港標誌性的地標建築物，那時候世界各地的人要飛到香港，都是要經啟德機場，它著實是香港人自豪的回憶。Isaac 在每次到機場接送朋友、同學，甚或搭飛機時，遠遠地看著飛機升降都著迷不已。

　　說到這裡他還開懷地說：「嗰陣時啟德機場喺市區入面，附近又有高山，全世界最勁嘅機師先可以飛香港㗎！」

高空跳傘的啟迪

中學時 Isaac 到英國留學，搭飛機的次數自然多了。説到印象最深刻，還是出發去英國的第一次。那年六月出發時還是在啟德機場，但聖誕假期回港，降落時已經是新建成的赤鱲角機場。這樣具有劃時代的經歷，實在讓他難以忘懷。

到了中學高年級時，學校要求每個人都要參加課外活動，而中六年級的活動居然是駕駛體驗！學生可以接觸沒有引擎的飛機，體驗駕駛的樂趣。可惜因為他媽媽擔心安全問題，Isaac 就沒有參加了。之後一直到大學醫學院畢業，出到社會工作，也沒有機會接觸和航空相關的活動了。

直至幾年前 Isaac 到斐濟參加了高空跳傘。這一跳，真是讓他發覺了天空的樂趣。天空之上，海闊天空的自由感覺讓他震撼。他説：「人到中年，生活也穩定下來，是時候做一些自己感興趣又一直沒有機會完成的事。」

下雨天，晴朗天

2022年新冠疫情期間，香港就像停擺了，Isaac 這時在社交媒體看到 Joel 推出的模擬駕駛體驗，就毅然報名參加。在過程中 Isaac 獲益良多，他還回憶起最後兩堂課。Joel 設置了大霧的情境讓學員體驗，在難度增加時，Isaac 更是體會到了飛行駕駛的種種困難和挑戰。

Isaac 說，尤其是對降落有了很大改觀。以前作為飛機乘客時，如果降落得不順暢，便會抱怨顛簸。但當自己體驗過降落之後，才明白因為風力等各種原因，暢順降落不是件容易的事。

飛行時很多措施雖然看似繁複無謂，其實都是前人經過反覆實驗和經歷得出來的結果，都是為了把風險降到最低，不能做了幾次熟悉了就跳步驟。Isaac 還有個體會：「在地上風大、下雨、陰陰暗暗的日子，但上到天空，卻可能是個明媚美麗的晴天。」

Isaac (左) 和 Joel 攝於「展翅飛行學會」 ✈

「溝通」幾乎是一切之本

　　就像世間很多事情，又或是不論是做醫生或者做人都不需要固執，退一步看事情，可能是很棒的畫面。人格局大了，便會開始寬容。對別人和對自己也是，因為這個世界不是靠一個人運作的，很多看不見的人在背後努力著。

　　在學習飛行的過程中，Isaac 認為，在飛機駕駛艙內，「溝通」幾乎是最重要的部分。自己的「聰明」是沒有用的，往往要大家一起合作才能夠成事。

　　世界很大，不要輕易給自己設限，就算是自己的專業也並不是生活的全部。最後，他說，做一件事不要總想著獲取甚麼，只要享受當下，活在那個時刻，隨遇而安，之後的收穫可能會更大，更意想不到。

　　早前到美國作醫學訓練時，Isaac 特意開四十五分鐘車到西雅圖的飛機廠參觀。太太雖然給予支持，但心裡還是不明白他的這種痴愛，總覺得「架架飛機都是差不多吧！」但在他的眼裡，可能不只是在飛機廠的時候，甚至在架車路上，他心裡已經敞開了一片光明美麗的天空。

體驗興趣 經歷成長

說到駕駛飛機或者學習航空知識，人們第一時間會想到這是個成年人的活動。但 Joel 開辦的模擬飛行體驗學校，對象沒有忘記青少年甚至兒童。Joel 也是工作了多年才考取到飛行資格，所以年齡對於飛行體驗來說並不是限制。他甚至認為，越早開始接觸飛行體驗好處越多。

夢幻又真實的感覺

十三歲的林剴晉 (Aidan) 是個熱愛飛行的少年，他接觸飛行知識已經三年多。十歲開始已經在網絡上搜尋和飛行相關的影片，心裡早就有做機師的想法了。

Aidan 接觸到這個行業，是因為他媽媽李穎詩 (Vivian) 認識一位在奧比斯眼科飛行醫院 (Orbis Flying Eye Hospital) 工作的朋友，而奧比斯曾經聯繫 Joel 在商場舉辦飛行體驗展覽，機緣巧合下她認識了Joel。

Vivian 認為，難得有香港的機師這麼熱心推廣航空知識，而 Aidan 又那麼熱衷於飛行，便讓兒子參加這個模擬飛行體驗課程。

　　因為疫情，Aidan 斷斷續續參加了十五次課程，每次一個半小時，問及他最喜歡課程的哪一部分，他毫不猶豫指出：「好像真的一樣，操作時感覺十分真實，好像真的在飛行，我很喜歡這夢幻又真實的感覺。」

「壯志凌雲」的神話

　　但 Aidan 直言，雖然十分享受這個過程，但機師面對的挑戰他也略見一二，就是知識部分。要有衝上雲霄的快感，機師便必須熟讀物理學理論，還要準確計算飛行途中的種種數據，而這些都離不開要有堅實的數理底子。

　　Aidan 可以說充滿熱誠，他在網上找來一些機師的筆記，學習他們怎樣運算從中汲取經驗。他最大的心得要算是認識甚麼是「責任」，「記得細個時，玩玩具飛機最鐘意玩『撞』飛機，但係而家明白最大嘅責任就係保障乘客安全。」他得出了「撞飛機」相反的心得。

　　作為飛行迷必看的電影《壯志凌雲》，Aidan 當然也沒有錯過。可能他對飛行知識認識較別人多，相比很多人沉醉於主角湯告魯斯的帥氣角色，Aidan 明白，世界上沒有多少人會像湯告魯斯這樣飛行！

熱誠是學習最大的動力

兒子熱愛飛行，Vivian 是十分支持的。這位 1994 年廣島亞運香港游泳選手銀牌得主明白，熱誠是學習最大的動力。因著學習飛行，讓 Aidan 認識到數理科的重要，而她也找到不錯的數學課程給兒子報讀。但她表示，並不會要求他將來一定成為機師，更重要的是努力的過程。

疫情中不連貫的學習，Aidan 仍然沒有放棄，看出兒子對飛行的熱誠。Vivian 還看得出 Aidan 已經主動蒐集了很多外地大學的資料，當中包括一些飛行學校。他們發現，飛行學校的世界排名都比較低，Aidan 就在盤算，到底應該選擇傳統而排名高的學校，還是排名較低但自己較喜歡讀的飛行學校。

Vivian 看到了兒子已經並不只是主動蒐集資料，而且還會思考這些切身問題。「思考」是成長中十分重要的過程，面對兒子的興趣和未來道路，Vivian 認為只要他真正喜歡，家人就會全心支持。而 Aidan 也要勇敢嘗試，因為嘗試過才會知道適不適合自己，才會拉近理想和現實的距離。

在模擬飛行體驗學習中，Vivian 和 Aidan 都明白，學習和興趣是不能靠「估」的，要實實在在地體驗。讓 Vivian 更感欣慰的是，在過程中她看到兒子的成長，他們都由衷感激 Joel 的教導。

恆心篇

見證平民機長
的誕生

如果夢想成功的機率只有1%，你會選擇繼續追夢，還是接受現實？王立石 (Eddie) 是 Joel 航空夢想的見證人，由 Joel 獨自遠赴澳洲，接受機師培訓，直至後來艱辛爬上機長位置，一步步的辛酸都被 Eddie 看在眼裡，心中對 Joel 滿是欣賞和認可。

兩位「獨行俠」的偶遇

2005 年，Eddie 工作的投資公司收購了澳洲一間飛行學校，所以他經常要前往當地視察學校的發展。而 Joel 自費報讀的機師課程，也正是這間學校，二人的結緣由此展開。

Eddie 首次碰見 Joel 時已經很驚訝，心想：「呢個學員已經三十幾，仲結咗婚，點解會參加航空公司見習機師計劃？」原來飛行學校的學員，通常來自航空公司的培訓計劃，平均年齡都是三十歲以下。他誤將自費報讀的 Joel，當作航空公司的「高齡學員」。

　　後來發現，相比航空公司學員行動時成群結隊，Joel 不論上課、實習和假期都是「獨行俠」。Eddie 當時亦是獨自在澳洲工作，沒有朋友，閒時會邀請 Joel 外出吃飯。

　　兩個異鄉人因此成為了朋友，後來 Joel 知道了 Eddie 是基督徒，更邀請 Eddie 一起去當地教會，由朋友成為主內弟兄。

「苦盡」不一定「甘來」

　　「自費學員在飛行學校的環境好淒涼。」Eddie 表示，飛行學校重點培訓對象是航空公司的見習機師，訓練資源、課後支援都以他們優先；Joel 不單要自己爭取學習資源，遇上功課和測試的難題，他都只能靠自己解決。

　　Eddie 觀察到 Joel 肩負著莫大的壓力、孤單感，面上很少出現笑容，整個飛行學習過程對於 Joel 來說，可以用「艱苦」形容，但「苦盡」不一定會「甘來」。Eddie 說：「即使 Joel 在澳洲飛行學校畢業，回到香港仍然無法駕駛商業飛機。」

原來澳洲的機師執照只能夠駕駛小型的螺旋槳飛機，要駕駛航空公司的商業民航機，要再通過「Type Rating」的測試，意思是 Joel 要在香港的官方飛機模擬器上，再接受飛行考試，才能正式成為香港機師。

但「Type Rating」測試的價錢不菲，通常航空公司在聘請見習機師後，會保送他們進行測試，自費學員很難憑自己的能力報考。但成為機師是 Joel 人生最重要的目標，他告訴過 Eddie：「飛行是我的夢想，成為機師是我的人生目標。不論前路有多困難，都要破釜沉舟達到！」

享受和感恩所擁有的

面對接踵而來的挑戰，Eddie 看見 Joel 沒有輕言放棄，常以樂觀和信心說：「上帝會帶領我走出困局。」Joel 開始不斷向香港不同航空公司叩門，即使成功獲聘的機會微乎其微。

憑著他的能力和意志力，成功得到香港航空公司聘請，並且通過「Type Rating」，由二級副機師做起，慢慢累積經驗成為正式機長。Joel 完成目標的當刻，Eddie 非常感動：「佢力求上進嘅決心令我動容，認識到 Joel 真係可以講得到做得到，每個計劃同目標都實現到。」

Eddie (左) 和 Joel (右) 攝於香港飛行總會 ✈

　　除了飛行夢想，Joel 還樂於分享生命見證，經常到各學校和機構傳講福音，Eddie 表示：「Joel 唔係出身喺富裕家庭，所以想將自己呢個『平民機長』嘅經歷，帶俾更多香港嘅小朋友，激勵佢哋訂立人生目標，勇敢追求夢想。」

　　Eddie 感嘆：「從我認識 Joel 到宜家，佢嘅笑容都唔多，仲略帶疲倦感，但係佢好清楚自己想要啲咩，所以每次見到佢，我都感受到佢係享受和感恩宜家所擁有嘅一切。」

每步都是
上帝帶領的航空夢

追夢像一場看不見盡頭的馬拉松，稍欠毅力，漫長的路程往往會將初心消磨殆盡。Joel 的航空夢也曾遇過樽頸位，幸好妻子麗明一直默默支持，不斷用上帝的話語鼓勵、提醒 Joel，更一起同行走過艱苦的時刻。

充滿夢想和鬥志的年輕人

麗明和 Joel 在教會的團契認識，他們都是初入職場充滿夢想和鬥志的年輕人。麗明記得，Joel 第一份工是在印刷公司負責維修。他自幼夢想成為機長，為了近距離接觸飛機，當知悉本港一間航空公司聘請工程助理時便立即申請，從此踏入航空業。

Joel 在飛機工程部一段時間後，在 2003 年「非典」(SARS) 期間，公司因為縮減開支，他被逼放六個星期無薪假期。但這次的「不幸」，卻成為了 Joel 人生軌跡的轉捩點。

麗明表示：「Joel 努力儲錢、蒐集資料，找尋一切成為機師嘅可能途徑。嗰次無薪假期正好俾佢機會，趁假期去澳洲考咗小型飛機駕駛執照。」麗明一直都無條件支持丈夫，給予空間 Joel 全力追夢。

Joel 和麗明旅行時攝於以色列 ✈

他真的能夠成為機師?

Joel 考獲小型飛機駕駛執照後,對自己的機師夢想更有信心。受到甘泉航空李牧師投身航空業的鼓舞,他更決心自費報讀見習機師課程。

在很多人眼中,現實與夢想有很大距離。麗明感嘆:「當時 Joel 再去澳洲實踐飛行夢想時,身邊唔少人都潑冷水,話航空業競爭咁大,讀完都唔容易搵到工。」這些冷言冷語沒左右麗明支持丈夫的信念,她相信:「我哋嘅前路唔係由人決定,係由上帝掌握。」

Joel 的飛行夢對家庭穩定的生活雖然有影響,但麗明知道他是個有計劃的人,每個決定背後都已經做好詳細的準備。唯一她不知道的,是 Joel 畢業後是否真的能夠成為機師?

等待、禱告祂應許的恩典

Joel 完成課程回港後，一直都在找尋工作。幾經轉折終於在香港航空獲得工作機會，但卻是份無薪的文職，等待公司為他安排機師測試及培訓。雖然最後如願成為香港航空機師，但身邊又有許多聲音質疑，步入中年的 Joel 還有充裕的時間及精力升上機長職位嗎？

種種負面的話語，不時出現在麗明耳邊，但她始終以平常心看待：「唔得咪唔得囉，有咩特別？」在過程中她更學懂拒絕接收「不是從上帝而來的說話」，因為祂的心意是充滿祝福，對閒言閒語要「左耳入右耳出」。

麗明說：「只要專注禱告，佢自然有最好嘅安排。好似約伯咁，佢受苦同不被朋友理解，但依然相信耶和華係佢嘅供應。人生就係咁，冇可能一切都順風順水，慢慢等待同禱告，上帝自然會安排所應許嘅恩典。」

在高峰低谷中將恐懼交託

　　Joel 是個堅強的人，遇到挑戰都從容面對。但有次他機師常規考試失利，令麗明看見 Joel 軟弱的一面。

　　記得當時 Joel 考試不及格，對他的信心打擊很大。Joel 説：「要有準備搵過第二份工。」麗明斬釘截鐵回應：「你而家要做嘅嘢都未完成，點可以因為一次失敗就放棄？」

　　麗明知道面對失敗是人的軟弱，但逃避絕不是解決方法。她舉例：「正如每個人都恐懼死亡，但基督徒相信耶穌死後三日復活，生命嘅鎖匙由佢掌管，令到我哋可以喺上帝嘅保守中坦然面對死亡。」

　　因此麗明當時提醒 Joel：「人生必然有高峰低谷，我哋要相信上帝嘅安排，學習將恐懼交託，喺禱告中得到啟示，喺上帝應許嘅計劃中成長。」

上帝預備的學校

疫情期間，Joel 的飛行工作差不多停頓，他在這段日子中，毅然實踐開辦模擬飛行學校的夢想。

麗明繼續支持 Joel 的決定，她認為：「Joel 開辦到這間學校係上帝嘅預備，疫情三年 Joel 難得唔使執勤，上帝俾佢機會做到呢個夢想，如果好似依家工作正常返，邊有時間做好間學校？」

但開辦學校絕不容易，初期持續處於虧損的狀態，幸好夫妻二人都是「應使先使」的人，有積蓄去填補學校的支出，令學校至今依然可以營運。

麗明如何評價 Joel 呢？她感恩表示：「在商業主導的社會裡，我認識到滿有夢想的丈夫，感謝主讓我們跌跌撞撞一起走過了不少難忘的歲月。」

夢・飛翔

一個香港人機長的誕生

作者	李漢傑 Joel Lee
策劃及編輯	林志成
協力	黃治熙、陳耀霆
設計	周珮晶 www.instagram.com/3rddays
出版	印象文字 InPress Books 香港火炭坳背灣街 26 號富騰工業中心 10 樓 1011 室 (852) 2687 0331 info@inpress.com.hk https://www.inpress.com.hk InPress Books is part of Logos Ministries (a non-profit & charitable organization) https://www.logos.org.hk
發行	基道出版社 Logos Publishers (852) 2687 0331 info@logos.com.hk https://www.logos.com.hk
承印	新堡印刷製作 (852) 3749 9007

出版日期	2024 年 7 月
產品編號	IB413X
國際書號	978-962-457-655-9
售價	港幣 128

刷次	10	9	8	7	6	5	4	3	2	1
年份	33	32	31	30	29	28	27	26	25	24

印象文字網頁